# 13
# WORLD TEACHER
# 異世界式教育特務

ネコ光一　Illustration：Nardack

但這裡的警備未免太森嚴了吧？
抵達鐵壁都市聖多魯——

難怪要設置
這麼多道城牆。
聽說魔大陸的魔物
每過幾年就會
湧入這座城市。

狼與少女的午後時光——

13
ネコ光一
Illustration
Nardack
WORLD
異世界式教育特務
TEACHER

# CONTENTS



Illust：Nardack

# 《序章》

為了增廣見聞而不斷旅行的我們，在遊覽休普涅大陸的期間，遇到被魔物襲擊的有翼人少女——卡蓮。

本來，有翼人不會離開人稱最強龍族的上龍種守護的部落，卡蓮卻因為各種不幸事件同時發生的關係，流落到外面的世界。

我們保護了卡蓮，跨越重重阻礙，平安將她送回有翼人的部落，在卡蓮的母親及當事人的要求下，讓她加入我們的行列。

剛離開有翼人的部落時，思念母親的卡蓮還一副寂寞難耐的樣子。但她不愧是個遭受那種虐待，仍舊對外界興味盎然的好奇寶寶，過兩天就恢復精神，能夠露出自然的笑容。

卡蓮之所以這麼快就習慣旅行，不只是拜本人的個性所賜，也要多虧願意嫁給我的艾米莉亞、莉絲、菲亞把她當成家人對待。尤其是菲亞，那細心照顧她的模樣根本是個大姊姊，不如說是有小孩的母親。

最近，卡蓮早上會跟雷烏斯一起練習揮劍。

看到每天都在練劍的雷烏斯，卡蓮主動表示她也想加入。雷烏斯當時就是因為看到我在練習揮劍，才對劍術產生興趣，所以我有點感慨。

卡蓮還是一樣，早上容易起不來，不過比以前好一點了，她忍著睡意，站在雷烏斯旁邊用練習用的木劍空揮。

「重點在於不要只用手臂，要用全身的力氣去揮劍。像……這樣！」

「嘿！」

「記得懷著要靠這一劍打倒敵人的幹勁。要不要把『嘿』改成『喝啊——！』這種拖長的聲音看看？」

「喵啊——！」

由於她太有幹勁，卡蓮發出讓我想到某位貓耳人妻的吆喝聲。

然而再怎麼用力，卡蓮揮出的劍照樣軟弱無力，在有經驗的人眼中，怎麼看都是在鬧著玩。原因除了她還只是個孩子外，有翼人這個種族體重較輕，本來就不適合用武器戰鬥。

那麼是否該讓她練習魔法，別再練劍了？可是因為不適合就叫她停手也不好。練劍還能鍛鍊體力及精神力，並非毫無益處。

若卡蓮想要認真學習劍術，我打算陪她一起思考未來的路要怎麼走。即使是短處，我想盡量避免抑制卡蓮的好奇心。

現在我想讓她嘗試各種挑戰，吸收各種經驗。

我在莉絲和菲亞的幫助下準備早餐時，卡蓮在附近的河川跟艾米莉亞一起洗衣服。

「那塊布可以搓得更用力一點。訣竅在於不要用手，而是要讓兩塊布互相摩擦。」

「嘿咻……這樣可以嗎？」

「可以，不過，袖子還殘留著一些汙垢喔。」

「這裡也要搓嗎？艾米莉亞姊姊好嚴格。」

「嚴格沒什麼不好。洗完衣服給妳吃一點蜂蜜，努力撐到最後吧。」

「嗯！」

我們的衣服基本上都是由艾米莉亞負責清洗，但卡蓮的份會盡量叫她自己洗。

卡蓮的母親芙蓮達都特地把寶貝女兒託付給我們了，可不能因為太寵她的關係，把她養成一個散漫的孩子。話雖如此，跟她說明衣服要自己洗的時候，卡蓮吐槽了一句。

『咦？衣服都是艾米莉亞姊姊在洗，老師不用洗衣服嗎？』

『喔……嗯，我也很想自己來，不過……』

『卡蓮，照顧主人是我的生存意義，天狼星少爺不需要自己洗衣服。』

『可是……』

『主人與隨從就是這樣的關係。我不會再多做說明。』

『……嗯。』

平常就很愛問「為什麼會這樣」的卡蓮見識到艾米莉亞的氣勢，似乎也明白不該深究了。

看著逐漸習慣跟我們相處的卡蓮，以及嚴格又溫柔地教育她的艾米莉亞，我也自然而然露出笑容。

「……真不錯。我想起媽媽教艾米莉亞洗衣服的時候。她會像那樣用艾米莉亞喜歡的東西吸引她，讓她打起幹勁。」

「也就是跟師父學的囉。當時她是用什麼東西吸引艾米莉亞的？」

「豬排三明治吧？別看她現在這麼冷靜，艾米莉亞那個時候熱愛豬排三明治，跟卡蓮熱愛蜂蜜一樣。」

「我也好想看看艾米莉亞那個樣子。要來做豬排三明治嗎？」

「你們兩個真是的，這樣艾米莉亞會生氣喔。」

莉絲嘴上在責備我和菲亞，卻忍不住掩嘴笑著，大概是不小心想像起艾米莉亞被豬排三明治吸引的畫面。

我們一面和樂融融地聊著天，一面製作早餐，從洗衣服的方向傳來卡蓮響亮的尖叫聲。

她不小心把從家裡帶來的喜歡的衣服洗破了。

「嗚嗚……卡蓮很喜歡這件衣服。」

「畢竟它已經穿舊了。這點裂痕還縫得回去，我等等教妳怎麼縫。」

「嗯！」

等她們把衣服晾在從馬車伸出去的晒衣桿上，早餐也做好了。大家合掌後一起開動，卡蓮吃了口炒蔬菜，皺起眉頭。

「這種菜好苦。」

「不至於沒辦法吃吧？蔬菜對身體有益，乖乖吃下去。」

「嗯……嗚嗚……」

「就是這樣。加油，剩一點而已。」

「………」

卡蓮瞪著剩下的蔬菜，吃到一半就偷偷把蔬菜移到莉絲和雷烏斯的盤子裡。

那兩個人的確會樂意幫忙吃掉，這個主意並不壞。如她所料，大胃王姊弟無奈地把叉子伸向蔬菜……可惜我不會讓她得逞。

「!?不、不行啦，卡蓮。菜要自己吃！」

「對、對啊！就算妳嫌苦還是要吃，嗯！」

我默默向兩人施壓，於是蔬菜回到原本的盤子，再度與卡蓮對峙。這也是必須的。我狠下心看著她，卡蓮從懷裡拿出一個眼熟的容器。

「等等！這樣實在不搭吧。」

「把卡蓮的蜂蜜還來！」

哪有人用蜂蜜配炒蔬菜的？妳什麼時候偷了一罐蜂蜜？有一堆地方可以吐槽。

我立刻沒收蜂蜜，向三度與蔬菜互瞪的卡蓮提出建議。

「我知道菜很苦，不過妳忍著一直咬它試試看。會發生神奇的現象喔。」

「真的嗎？嗚嗚……嗯……咦？甜甜的？」

這種蔬菜苦歸苦，只要咀嚼一段時間，蘊藏在其中的甜味就會慢慢滲透出來，吃起來會變甜。可是甜味散發出來前都得不斷咀嚼，通常在那之前就會反射性吞下去。

卡蓮不再像剛才一樣那麼排斥，不停將蔬菜放入口中，開始享受味道的變化，或許是那神奇的蔬菜刺激了她的好奇心。

我判斷這樣應該不用擔心了，靜靜地看著，姊弟倆走到我旁邊，對我悄聲說道：

「欸，大哥。那種菜用熱水燙過就不會苦了吧？為什麼你這次沒有那樣做？」

「我也想問同樣的問題。我不認為天狼星少爺會偷懶省去這個步驟。」

「除了想告訴她世上存在這種蔬菜外，真正的目的是要調查她的食性。」

如果是身體會產生排斥反應也就算了，僅僅是因為不喜歡就不吃，實在太可惜。若能順便查出卡蓮的喜好，找到她討厭的食物，就可以慢慢矯正她偏食的習慣。

「這麼說來，剛被您撿回家的時候，您常讓我們喝用藥草榨成的苦澀果汁。」

「大哥做的菜每種都很好吃，唯獨那個有夠難喝……」

「那麼難喝嗎？有很多種味道混在一起，我不討厭耶。」

「是莉絲姊太特殊了。」

先不說她的食量，在吃東西這方面，完全不會挑食的莉絲應該是最完美的。

「到頭來，就是習不習慣的問題。只要放空大腦，討厭的食物也能面不改色地吞下去。」

上輩子我有一段時間一直在吃超難吃的乾糧，練就一身只要沒有毒，再難吃的東西都吃得下去的好胃口。

待在戰亂地區時，我的處境真的很慘，不僅沒有排斥吃煮沸消毒過的皮鞋，反而覺得挺美味的。

「總之，希望大家可以吃飯吃得開心，不會為討厭吃的東西所苦。填飽肚子，大部分的問題都能解決。」

「嗯，肚子餓的話，滿腦子都是負面想法。」

吃飯對於生存及成長而言是必須的，我不想隨便看待。

我早已決定，這是必須貫徹到底的教育方針。

拜其所賜，兩姊弟和莉絲都長得很好。我看著他們滿意地點頭，新收的徒弟卡蓮舉起吃得乾乾淨淨的盤子。

「吃完了！」

「呵呵，妳都吃完了呢。了不起。」

「嘿嘿——」

在我們講悄悄話的期間吃完飯的卡蓮，被菲亞摸著頭，很開心的樣子。

之後，我們將露營用品收拾完畢，重新踏上旅程，坐在馬車裡於街道上前進。

盜賊或魔物沒有冒出來襲擊，在晴朗又悠閒的環境中，我和卡蓮坐在駕駛座上魔法課。

「那麼，今天來學習使用『光明』吧。」

「卡蓮已經會用『光明』了呀？」

「不，這次要用的是比較難的版本。」

我先發動「光明」，操作魔力讓手掌大小的光球分裂成五顆，在我身邊自由飛動，示範給她看。卡蓮目瞪口呆地看著飛來飛去，宛如行星公轉的光球。

「這是我至今以來教過妳的知識的實際操作版。學會自由操縱魔力、強烈想像的妳，應該做得到。」

「為什麼要弄成五顆？一顆就夠亮啦。」

「為了讓妳練習操縱魔力。只要學會這招，就能輕易發動『光明』，用不著特地去想也能維持住。這樣晚上也可以看書囉？」

「卡蓮會努力！」

卡蓮熱愛看書，但我叫她晚上不要看書。

若是有魔導具可供照明的旅館也就罷了，在外露宿時光靠營火的亮度光線不足，對眼睛不好。然而，在周圍發動「光明」即可解決這個問題。我一直是這麼做的，只不過最近沒什麼機會看書。

本來打算先練習同時製造兩顆光球，可是……

「這樣就能看更多書了！」

卡蓮從馬車裡帶了書出來，似乎想跳過前面的階段。幹勁十足的她一開始就拿出全力。

不過，卡蓮現在還沒辦法在無意識的狀態下發動魔法，當然不可能順利維持光球，「光明」在她翻開書的同時消失不見。

「卡蓮，魔法解除了喔。」

「…………」
「魔法解除了，妳有在聽我說話嗎？卡蓮？」
「…………」
「根本只是在看書嘛。」
不行，她一頭栽進書中的世界了。
如外表所示，這孩子的注意力相當驚人，要她下意識發動魔法為時尚早嗎？
結果我再怎麼呼喚，卡蓮都沒有反應。我便拿蜂蜜靠近她，她聞到氣味才回到現實世界，終於發現魔法解除了。
「……咦？」
「回神啦。」
先告訴她可以用來讀書或許是錯的。我在內心嘆氣，本想繼續練習，卡蓮卻再度埋首於書中。
「嘿，不是要練習魔法嗎？」
「看完這一頁！」
該怎麼說呢……真是前途堪憂的徒弟。
可是養小孩不可能輕鬆到哪去，能看見跟姊弟倆和莉絲不同的成長過程，也滿有趣的。

「看來還有很長的路要走。」

「不過會對我耍任性，證明她挺信任我的。」

「是的，無須著急，我們會相信您，在旁邊扶持您。」

妻子們接受了不僅擁有前世的記憶，還平等地愛著三個人，而非獨愛一人的我。在她們溫柔的守望下，我重新制定卡蓮的教育方針。

# 《最初的朋友》

讓卡蓮練劍、慢跑鍛鍊體力，不光靠看書，而是讓她親自體驗，學習各種知識，在她偶爾跑去偷吃蜂蜜時斥責她。

熱鬧又充實的旅行持續了好幾天，我們抵達某個村落。

是個沒有吸睛的特產，也沒有明顯特徵的小村子，但它位於街道附近，因此很多冒險者或商人會順便到這裡休息，村子裡有家比其他建築物大一圈的旅館。

在那家旅館找到房間住時，天色已暗，我們便整理好行李，來到旅館的餐廳吃晚餐，卡蓮因為桌上的肉料理而陷入苦戰。

「嗯……這塊肉怎麼硬硬的？」

「是喔？我覺得滿嫩的啊？」

「口感很棒。」

「別管他們，照妳的速度慢慢吃就好。肉又不會逃走。」

這種肉應該原本就是這樣的口感，與廚藝無關。我有點興趣，等等去問旅館的人好了。

不過，莉絲的身體只是一般的人族，又不像雷烏斯一樣，擁有銀狼族特有的堅固牙齒，怎麼有辦法輕易咬斷那塊肉？她還是老樣子，在吃飯這方面謎團重重。

我一邊吃飯，一邊看著聽從我的建議，慢慢吃起肉來的卡蓮，點了紅酒喝的菲亞環視周遭，喃喃說道：

「這座村子不大，人卻挺多的。」

「看起來大多是冒險者和商人。」

不只住宿，補充物資時也能讓村子賺到錢，難怪冒險者和商人會受到歡迎。我望向其他桌的客人，大部分都在吃飯喝酒，然而……

「那些人一直往這邊看。算了，總比跑來糾纏我們好。」

「又不是一天兩天的事。比起那個，天狼星，你要不要也來杯酒？味道還不錯。」

「那我喝一些好了。」

「卡蓮也想喝喝看！」

「等妳長大再說。」

我之所以頻繁感覺到其他人的視線，無疑是因為女性組。她們不只長得漂亮，妖精和銀狼族又是罕見的種族，自然會引人注目。

跟妖精同樣罕見的有翼人卡蓮應該也會被盯著看，但卡蓮現在把有翼人的特徵——那對翅膀藏在衣服底下，照理說不會引來貪婪或訝異的目光。我也不好意思讓她過得這麼拘束，不過我想至少把翅膀藏到她有能力保護自己的時候。

之後我們並未特別受到糾纏，平安地吃完飯，在我們品嘗飯後紅茶和紅酒時，從不遠處的座位頻頻偷看我們的三名男女朝這邊走來。

「嘿嘿，沒想到會在這種地方看到妖精。我早就聽說過妖精很美，真是比想像中更漂亮的美女！」

「真是的，開口就講這種話太沒禮貌了吧！對不起，這傢伙對漂亮的女性沒抵抗力……」

「不好意思，突然打擾各位。我們是旅人，方便聊幾句話嗎？」

看到菲亞，露出一臉色相的壯漢、用手肘撞那名壯漢的肚子，向我們道歉的短髮女性、帶著溫和笑容的青年。乍看之下，這三個人跟我們差不多大，似乎是覺得年紀相近比較好聊才來搭話的。

我沒有放鬆警戒，互相自我介紹完後，得知這三個人好像純粹是出於好奇，才來接近我們。

跟不認識的人交談，對卡蓮來說是個好經驗，當事人卻躲在菲亞背後，連話都講不到。她似乎還會怕陌生的大人，或許是因為被抓去當奴隸，吃了許多苦頭的關係。

不可能知道這段過去的短髮女性，以為是自己嚇到卡蓮，愧疚地低頭道歉。

「對、對不起，我好像嚇到那孩子了。」

「她有點怕生，不是妳的錯。卡蓮也出來吧，別害怕。」

「嗯……」

「卡蓮，旅行伴隨著邂逅。和人打招呼是很重要的。」

一個人也就算了，我們就在旁邊，希望她鼓起勇氣。旅行免不了跟人扯上關係，希望她趁現在多少累積一些經驗，克服怕生。

不曉得是不是我充滿誠意的言詞傳到她心中了，卡蓮走到女子面前，緩緩一鞠躬。

「那個……我叫卡蓮。」

「啊哈！卡蓮，妳好。」

女子大概是喜歡小孩，帶著燦爛的笑容對卡蓮揮手，其他兩人也溫柔地向她問好。卡蓮見狀，似乎明白這三個人不是敵人，逐漸放鬆下來。

之後我們又聊了幾句，三人得知我們幾個的關係，震驚不已。

「什麼!?」

「各位通通是……」

「天狼星先生的妻子嗎？」

「沒錯。」

「我是天狼星少爺的妻子，也是他的隨從。」

「嘿嘿嘿……是最近的事。」

不是貴族的平凡冒險者娶了三個老婆，令他們大吃一驚。

三人的視線集中到正在享用艾米莉亞泡的紅茶的我身上，唯有那名壯漢不只驚訝，還對我投以參雜羨慕及嫉妒的視線。若他流得出血淚，可能會淚如雨下。

「可惡……這種看起來沒肌肉的人都有三個老婆了，為什麼沒有女人來找我。我都練得這麼壯了！」

「我講過好幾次，叫你不要說這種話了吧？」

「對呀對呀。你也該改改那個有力氣等於帥氣的觀念了。」

「喔，說到力氣我也有自信。要不要比一場？」

「啥？看到我這身肌肉還敢挑戰我，膽子挺大的嘛！有趣，比就比！」

壯漢疑似是個輕浮的人，一下就收下雷烏斯的戰帖，兩人收拾好餐桌，比起腕力。

體格雖然是對方壯一圈……

「喔喔!?算、算你厲害！喂，你力氣這麼大，那麼多美女被他搶走，不會不甘心嗎？」

「哪會不甘心，我高興都來不及！而且有人還在等我未來去接她！」

「混帳東西——！死都不想輸給你——！」

「來啊！我差不多要拿出真本事囉！」

「不、不要！萬一輸給這傢伙，我……我……啊啊啊啊啊——!?」

看來單純比力量的話是雷烏斯占上風，壯漢發出巨響宣告敗北，倒在地上。

雖然沒受傷，他的心靈疑似受到了重創，男子趴在地上，遲遲沒有起來。

「啊……抱歉。我沒有那個意思。」

「老樣子了，別管他。還不都是因為那傢伙想都不想就答應跟你比。」

壯漢失去控制對他們來說好像是家常便飯，他的同伴只是傻眼地看著他。

雷烏斯伸手將壯漢拉起來，兩人像在稱讚對方的表現般，互相握手……

「嘿嘿……你上當了！」

「喔，這次要比握力嗎？我不會輸的！」

「別小看每天揮舞重劍的我——好痛好痛好痛!?」

……嗯，他們玩得挺開心的，放著不管應該也不會有問題。

另一方面，卡蓮似乎稍微對短髮女性敞開了心胸，坐在她附近和顏悅色地聊著天。

「這樣呀，這麼小就跟媽媽分開了，好厲害。」

「是嗎？」

「因為我在妳這個年紀，絕對不會想要離開媽媽。」

「媽媽也一起來當然最好，不過卡蓮有老師、大姊姊她們、雷烏斯哥哥和北斗陪著，所以沒關係。」

「唉，真是個好孩子。我將來也想要這麼乖的小孩。」

本來還在擔心她會不會害怕其他人，沒辦法跟別人正常交流，或許是我杞人憂天了。

按照這個步調不斷前進，看看這個世界吧……卡蓮。

那一晚，我們度過了頗有意義的邂逅及時間。隔天，睡在旅館床上的我被從窗外照進的晨光刺得睜開眼睛。

菲亞帶著安詳的睡臉睡在我旁邊，發現我醒過來了，緩緩張開眼。

「呼啊……早安。」

「早，還不到早餐時間，要不要再睡一下？」

「嗯……反正都醒了，我也起床好了。」

由於許多客人還在睡覺，我決定取消今天的晨練，卻因為習慣早起的關係，自然而然就醒了。

我也沒有要睡回籠覺的理由，便坐了起來，同樣坐起上半身的菲亞親吻我的臉頰，對我微笑。

那充滿魅力的笑容及動作，害我忍不住想抱緊她，最後勉強克制住，換好衣服，呆呆看著坐在床上用梳子梳頭髮的菲亞。

「要看是沒關係，但我還得梳一陣子，你要不要先去洗把臉？」

「就這麼辦。」

享受這種平靜的時間也不錯，不過既然起得這麼早，出去跟北斗散個步吧。

離開房間，我走向位於旅館中庭的水井，那裡已經有人了。

「喔，大哥！早安！」

「呼啊啊……腳彎……」

「啊，早安！」

雷烏斯和卡蓮大概是跟我一樣來洗臉的，兩人身邊還有一名陌生的少女。

是個頭髮在兩側綁成雙馬尾，身穿綴有簡單裝飾的連身裙的可愛女孩，從外表推測，年齡跟卡蓮差不多。

「早安，這孩子是？」

「唔喵……她叫伊露婭。剛才她跟我說的。」

「她說她是這家旅館的老闆的女兒。」

我接著詢問詳情，名為伊露婭的少女是經營這家旅館的雙親的幫手，他們剛剛才見面自我介紹過。

伊露婭腳邊放著裝了水的木製水桶，似乎要用它幫旅館裡的水缸補水，她的表情卻有點憂鬱。

「那個……我自己搬就行了。」

「可是，看起來很重。」

「對啊，這種事大家一起做更省時間，對我來說跟早起運動一樣，別在意啦。」

看來他們想幫伊露婭汲水。對年幼的小孩而言確實是挺辛苦的工作，不過在伊露婭心中，讓客人幫忙不太好，她應該是在為此煩惱。

樂於助人確實值得稱讚，強迫別人就不對了。在我準備插嘴制止他們時，旅館後門出現一名體態豐腴的男子。

「伊露婭，原來妳在這。怎麼還沒汲完水？發生了什麼事嗎？」

「爸爸？那個，兩位客人說……」

從兩人的對話可以得知，他就是伊露婭的父親。

聽伊露婭說明完事情經過，男子面露苦笑，很為難的樣子。或許是身為旅館經營人的自尊心使然，他愧疚地對雷烏斯和卡蓮低下頭。

「感謝兩位的好意，我們不能麻煩客人幫忙。請兩位好好休息，不用擔心小女。」

「我每天都會幫忙打水，沒問題的。」

「可是雷烏斯哥哥力氣很大，一下就能搬完。對不對？」

「對啊，我幫妳把水缸直接抬過來！」

「不能麻煩客人……」

雷烏斯平常就是這樣，為何卡蓮也這麼關心初次見面的人？

說不定是因為她來到外界旅行後，第一次遇到同世代的小孩，想要跟人家相處久一點。不能光由我們教就好，與同世代的孩子互動也很重要，我就稍微幫個忙吧。

「那麼這樣如何。我們來做那孩子的工作，可以請她陪我家的卡蓮玩嗎？」

有翼人的部落小孩子不多，卡蓮也因為大小不一的翅膀抱持自卑感，幾乎沒看過她跟小孩子一起玩。

所以，不能放過這個好機會。我隱瞞她是有翼人的事實，跟伊露婭的父親說明情況，他爽快地答應了，大概是身為有小孩的人，對我產生了共鳴。

「我很樂意。女兒願意幫忙家裡的工作固然值得高興，但村裡的小孩太少，沒人可以陪她玩……」

「爸爸，怎麼了？」

「伊露婭，妳今天不用工作，可以陪客人玩嗎？」

「那水怎麼辦……」

「接待客人也是工作之一。這是只有妳能做的工作。」

從父親手中接到只有自己能做的工作，伊露婭開心地點頭。

卡蓮則為意想不到的發展感到困惑，我摸著她的頭告訴她：

「這也是旅途中的邂逅。別管水了，去跟她一起玩吧。」

「……嗯！」

「我問妳喔！爸爸說你們帶著一隻很大的狼，是真的嗎？」

「妳說的是北斗嗎？北斗在對面的小屋裡。」

「我也好想看。可不可以讓我看一下？」

幸好伊露婭似乎是個外向的孩子，主動帶領有點畏縮的卡蓮。

目送兩位少女走向附近的小屋後，雷烏斯拿著水桶開始從井裡汲水。

「我一個人就行，大哥去陪卡蓮吧。」

「不，我剛才雖然答應了，勞煩客人幫忙還是不太好。我自己來……」

「那一起打水好了。去吧，大哥。」

我確實會擔心卡蓮，就照雷烏斯說的做吧。

我看著雷烏斯跟旅館老闆一同離去，迅速洗好臉，追在卡蓮後面，兩位少女正好在小屋前面拔掉入口的門閂。

順帶一提，北斗能夠自己從小屋裡出來，但牠擅自在外行動，可能會引起大騷動，因此我命令牠只有緊急情況才能離開。

「欸，卡蓮。裡面傳來奇怪的聲音，是北斗弄的嗎？」

「不知道耶？好像在哪聽過。」

她們聽見的神祕聲音，恐怕是發現我接近的北斗在小屋裡搖尾巴。北斗不僅體型龐大，力氣也很大，搖尾巴的聲音不同凡響。

一臉疑惑的伊露婭卸除門閂，打開門……

「嗷！」

「「哇！」」

眼前就是在門前待命的北斗的臉，嚇得兩人大聲尖叫，向後跳去，躲到站在她們後面的我背後。

巨狼的臉突然出現在眼前，嚇到也很正常。卡蓮之所以跟著尖叫，恐怕是被伊露婭嚇到的。

為了避免刺激到兩位少女，北斗坐在原地不動，發出可憐兮兮的叫聲，我把手放在兩人頭上安撫她們。

「嗷嗚……」

「來，北斗很乖的，不用怕牠。走過去摸摸看。」

「牠、牠不會咬我吧？」

「不會啦！伊露婭，快一點！」

早一步恢復鎮定的卡蓮毫不顧忌地撫摸北斗，伊露婭也戰戰兢兢走過去，開始摸牠。

我摸著北斗的頭，要牠陪她們一下，發現不久前還在摸牠脖子的卡蓮，掛在北斗的尾巴上面玩。

「妳看妳看！這樣做北斗也不會生氣喔！」

「啊，我也要！」

「嗷嗚……」

「加油，北斗。」

連尾巴都被當成玩具的北斗困擾地叫了聲，我摸摸牠的頭以示鼓勵。

跟北斗玩了一陣子後，我們在早餐時間與伊露婭道別，於旅館的餐廳邊吃早餐邊討論今後的行程。

下一個目的地是聖多魯。

據說是這個世界最大的國家，近期將召開各國國王雲集的會議——國際會議，我想盡量在舉辦會議的期間抵達。

沒什麼空繞到其他地方，所以我本來打算今天啟程，卻因為太晚到這個村子的關係，物資還沒補充完畢。

「改成明天出發，今天在這座村子休息，把必需品採購齊全吧。」

「好的，記得馬車裡的物資還剩……」

「說得也是。乾糧雖然還有足夠的量，最好再補充一點。」

「新鮮的食材也是。有其他不足的物資嗎？」

「我想要新毛巾和方便行動的衣服。這件衣服快補到不能穿了。」

「蜂蜜只剩十罐囉？」

「「「足夠了。」」」

「咦——!?」

儘管有一部分的人有意見，我們還是順利討論完畢，決定好各自的工作，原地解散。

我的任務是跟艾米莉亞一起採購物資，這座村子不大，感覺很快就能搞定。本想等買完東西後幫卡蓮訓練，可是考慮到今天早上的狀況……

「卡蓮，好不容易交到朋友，再去找她玩如何？」

「伊露婭嗎？卡蓮覺得還不是朋友……」

「妳們知道對方的名字，一起玩過，已經可以說是朋友了。若妳會在意，等等去請她當妳的朋友就行。前提是妳不排斥。」

「不會呀，卡蓮想跟伊露婭做朋友！不過今天的訓練怎麼辦？」

「不急吧？之後再認真訓練，別想那麼多，去跟她玩吧。」

雖然繼續跟她打好關係，可能會捨不得分別，這個經驗應該也能幫助卡蓮的精神年齡有所成長。

於是，我再次向伊露婭的父親商量，尚且年幼的她沒有多重要的工作，因此他果斷同意讓伊露婭跟卡蓮一起玩。

各自解散後，我和艾米莉亞一同前往村裡的雜貨店，在路上想到一件事。

「順便把魔物素材賣掉好了。先回馬車一趟吧。」

「那我去拿就好，您請先去店裡。」

「不，我也去。反正不會花多少時間。」

「啊，原來如此。」

看來她發現我會擔心卡蓮她們了。

艾米莉亞掩嘴遮住笑容，跟我一起來到停馬車的小屋，發現正在一起玩的卡蓮和伊露婭。

我叫她們盡量在北斗附近玩，所以那兩個人和睦地坐在北斗看得見的小屋前的草地上。

「沒有肉果然很空虛。」

「嗯，努力去獵幾隻動物來吧。」

「……嗷。」

她們面前的木板上放著雜草，似乎在玩扮家家酒。

從她們的對話推測，卡蓮和伊露婭是太太，北斗是丈夫。北斗應該是寵物吧，還有，為什麼有兩個太太……我腦中浮現各種疑惑，這時北斗裝出一副要出外打獵的模樣，離開兩人，走向在小屋後面偷看的我們。

「辛苦了。抱歉，把她們都交給你照顧。」

「嗷！」

「北斗先生說，牠不討厭小孩，而且這也可以當成練習……咦!?哎呀……原來您想得那麼遠。」

聽見北斗的回應，艾米莉亞摸著臉頰扭來扭去，因此就算我聽不懂北斗的語言，還是能大概猜到牠說了什麼。練習照顧我遲早會跟三位妻子生下的小孩……肯定沒錯。

「嗯，孩子是寶物，我也會盡最大的努力。一起養育與天狼星少爺相襯的繼承人吧。」

「先別講這個了，不會給你帶來困擾就好。麻煩你再照顧她們一下。」

「嗷！」

我在前世聽說過寵物狗幫主人照顧小孩的故事，看來北斗也會。

我將扭著身子幻想未來的艾米莉亞晾在旁邊，北斗隨便叼著當成獵物的樹枝回來時，發生了突發事件。

「做什麼!?客、客人，請不要這樣！」

「就是這女孩嗎？」

「嗯，頭髮綁成兩根辮子的黑髮丫頭，是她沒錯。動手。」

「唔！」

看起來就不是善類的三名男子，在北斗暫時離開時出現，從背後抓住伊露娪，讓她聞了什麼東西。伊露娪頓時像昏倒似地全身無力，看來對方用了某種藥物。

遇到這個緊急狀況，艾米莉亞和北斗馬上準備動身，我卻伸手制止他們。

「伊露娪！」

「嗯？妳誰啊？大人有事要處理。別吵，閃一邊去。」

「喂，等一下。這傢伙……是跟昨晚那個妖精在一起的女孩。」

「經你這麼一說……喔，沒錯！真走運。妖精也一起帶走吧！」

這些人的目的好像是伊露娪，不是因為知道卡蓮是有翼人才盯上她。但他們記得卡蓮跟菲亞在一起，便將她也視為獵物。

即使如此，我還是命令艾米莉亞和北斗原地待命，艾米莉亞因此察覺到了什麼，望向卡蓮。

「您……另有考量是嗎？」

「先看看情況吧。我想知道卡蓮遇到這種事會怎麼做。」

昨晚雖然遇到了善良的冒險者，世上也有許多跟這些人一樣，利慾薰心的人。

跟最初遇到我們的時候不同，卡蓮現在多少懂得保護自己的手段。只要冷靜思考自己能做到什麼，照理說不會處理不了。

對於年幼的卡蓮而言，或許太過分了點，可是沒有經歷過走投無路的狀況，差異還滿大的。

「沒問題嗎？」

「確實有危險，不過只要她使出我教她的魔法，應該可以化解這個困境。」

卡蓮還只會用幾種魔法，唯有「衝擊」我每天都會叫她練習，以她目前的能力，要避開伊露婭用魔法擊中目標並不難。

然而，我不認為她在這種狀況下有辦法做出完美的動作，因此我隨時準備出去救人。由聽從我的指示繞到另一側的北斗吸引三名男子的注意力，我和艾米莉亞再同時衝上前，一口氣壓制他們。

卡蓮……面對朋友的危機，妳會如何行動？

「妖精？不只伊露婭，你們還要找菲亞姊姊嗎？」

「不是什麼要事。只是想跟她們玩玩。」

「所以幫我們叫一下人吧？那我就考慮放開她。」

「……騙人。而且卡蓮看過叔叔這種人！你們是會對大家壞壞的人！」

「嘖，真難搞。」

「廢話少說，快叫妖精過來！否則這傢伙不曉得會有什麼下場喔？」

「……不行！」

她明明很害怕，卻沒有逃走，想必是因為不能允許那些人盯上伊露婭和菲亞。

卡蓮集中魔力，似乎選擇了應戰，不過對現在的她而言，最有效的選項應該是求救。年紀尚輕的卡蓮，不用因為拜託別人而感到不好意思，考慮到伊露婭的安全，這是最佳手段。

若她選擇求救，我會立刻派出北斗，既然她選擇應戰，就再觀望一下吧。她說不定是被怒火沖昏頭了，但總比嚇得什麼都做不了來得好。

雖說等等還要仔細糾正她，看到卡蓮鼓起勇氣的模樣，我的嘴角微微上揚。就在這時，我感覺到一股異樣感。

「……怎麼回事？」

我順從直覺，用「探查」調查魔力流向，發現卡蓮的魔力凝聚成跟「衝擊」不太一樣的形狀。

經過壓縮的魔力塊，儼然是一發子彈……

「不會吧!?」

「天狼星少爺!?」

「把伊露婭……放開！」

我立刻從小屋後面衝出來，擋在三名男子前面，同時用左手往卡蓮使用的魔法一握，接住了它。

「咦!?老、老師？」

「你、你幹麼!?」

「莫名其妙，怎麼一堆人來礙事──嗚啊!?」

看到突然出現在眼前的我，三名男子全身都是破綻，我先逼近抓著伊露婭的男人，抓住他的手腕將他砸向地面，救出伊露婭。

剩下兩個人揮拳揍向我，我踢倒其中一人，以要把它捏碎的力道抓住剩下那名男子的喉嚨。

「你們抓住那孩子有何企圖？」

「呃!?混、混這東西……你在說什麼……」

「我再問最後一次。把你們的目的全招了。否則……」

「吼嚕嚕嚕！」

三名男子被我釋放的殺氣吞沒，北斗則像要追擊似地低吼著緩緩接近。

伊露婭被藥迷昏了，因此北斗毫不留情地威嚇他們，三人鬥志全失，乾脆地招供抓走伊露婭的理由。

這些人好像在為錢所困，想綁架伊露婭，跟村裡這家生意興隆的旅館討贖金。

他們不是漫無計畫，而是先仔細調查過旅館，在那個時候看到菲亞，想順便抓走妖精，才盯上卡蓮。

意即……用不著跟他們客氣。

「滾，別再出現在我們面前。否則……我的狼已經記住你們，牠會追你們追到天涯海角……」

我拿出兩把劍，亮給被迫跪坐在地上，抬頭看著我的三名男子看。

那是我從他們的腰上拿來的劍，一把被我單手折斷，另一把被北斗輕易咬碎。

「讓你們的腦袋變成這樣喔。」

「我、我的劍!?」

「嗚!?」

「聽懂了嗎？聽懂就快滾出這座村子。」

「「遵、遵命！」」

也是可以打斷一、兩根骨頭，但我不太希望卡蓮看到那個畫面，讓他們深刻體會到恐懼的滋味就夠了吧。

看著三名男子逃到村外後，我轉身面向陪在伊露婭身邊的艾米莉亞和卡蓮。

「伊露婭沒事吧？」

「沒事的，他們用的只是讓人睡著的藥物。伊露婭很快就會醒來。」

「……太好了。」

「嗯，幸好妳們都平安無事。」

我鬆了口氣，望向接住魔法的左手，掌心血肉模糊。儘管有點痛，傷口並不深，只要止血就不成問題。

艾米莉亞慢了一拍發現我的傷勢，拿出繃帶。卡蓮則瞪大眼睛，一副不敢置信的模樣。

「是剛才折斷劍的時候……受的傷嗎？」

「不對，妳知道為什麼會變成這樣吧？」

「可是，卡蓮以為老師會……」

「卡蓮，我沒有生氣。老實說，我很高興妳有所成長，但我想先問妳一件事。」

我教她的「衝擊」能夠輕易擊碎小塊的岩石，卡蓮目前卻無法使出那麼強大的威力。因為她的魔力集中度和想像力尚未達到標準。

再加上我的身體用魔力強化過，區區「衝擊」可能只會腫起來，手掌的肉卻被掀開了。

這或許才是正常的。

因為，卡蓮為了救伊露婭而使用的魔法……

「剛才那個魔法，妳什麼時候學會的？」

不是「衝擊」，是我沒教過她的「麥格農」。

威力當然沒有我用的「麥格農」那麼高。用上輩子的武器來譬喻，我的是最新型的自動手槍，卡蓮則是直接將火藥及圓形子彈放入槍身射出去……類似小型的火繩槍吧？

我一面稱讚她，一面溫柔撫摸卡蓮的頭，她的表情變得柔和幾分，我看再問一次好了。

雖說不是完整版，卡蓮既然會用「麥格農」，就得多加叮嚀她。

「我再問一次，妳什麼時候學會那個魔法的？」

「麥格農」在對付魔物時是可靠的魔法，用在人類身上卻有點威力過大。

那種魔法是純粹的魔力塊，肉眼無法看見，又具有優秀的貫穿力，瞄準要害即可輕易奪走人命。萬一其他人知道她能使用那種適合暗殺的魔法，搞不好會莫名受到畏懼，還會有人想要拉攏她。

因此我本來預計等她明白殺人真正的意義，做好覺悟，有能力保護自己後再教她，卡蓮卻無師自通。

強行阻止她，感覺是在扼殺她的天分，置之不理害她養成奇怪的習慣也不好。

所以我做好覺悟，打算正式教她使用「麥格農」，但在那之前，我想先搞清楚她怎麼學會的。

「剛剛是卡蓮第一次用。那是老師在跟梅吉亞大人打架時用的魔法吧？」

「離那麼遠，妳還看得見我用的魔法？」

「看不見。不過卡蓮覺得老師用的魔法跟『衝擊』不太一樣，之後卡蓮發現地面有很多小洞，就在猜那應該是又細又小的魔力……」

沒想到她憑藉細微的異樣感跟戰鬥的痕跡，就推測出真相。

敏銳的觀察力、靈活的思考，以及能將其應用在實戰上的才能，令我無話可說。

本來我是很想稱讚她的天賦，可是萬一卡蓮因此把「麥格農」拿來亂用就糟了。這是我任性的想法，我不希望她變成能面不改色地開槍射人的大人。

而且我有很多要糾正卡蓮的地方，便稍微板起臉來，面向卡蓮。

「為什麼會想用那個魔法？對手是那些男人的話，平常的『衝擊』就足夠應付了吧？」

「因、因為，那些人對伊露婭做了壞壞的事，還想對菲亞姊姊做壞壞的事！」

「為重要的人生氣是沒關係，不過妳仔細想想看。假如那個魔法射中伊露婭怎麼辦？」

卡蓮當時正在氣頭上，八成滿腦子只想著要打倒敵人。

小孩子感性行事也是無可奈何，可是一不小心射中朋友這種事，搞不好會害她留下一輩子的心靈創傷。

換成「衝擊」的話，以卡蓮目前的實力，應該能在敵人靠近前擊發數次，就算打中伊露婭，理應只會受點輕傷。

所以我沒把這件事當沒發生過，明白地告訴她。

「卡蓮，妳聽好。我想讓妳知道那個魔法有多可怕。」

希望她知道它不僅能用來自衛，而是專門拿來殺人的魔法，好好理解使用它的意義及嚴重性……和可怕之處。

雖然這裡是道德觀跟上輩子有所差異的異世界，還是盡量不要殺人吧。

「我不會叫妳別用魔法，可是那個魔法一個弄不好，會讓對方受到重傷。魔物也就罷了，對人使用時要多加留意。」

「……嗯！」

「還有……」

「大哥——！」

最後，我正準備告訴她最重要的事時，雷烏斯帶著莉絲和菲亞跑過來，大概是察覺到我和北斗釋放的殺氣。

最先發現我受傷的莉絲狠狠瞪向我，我在她的注視下解釋事情經過，眾人露出難以言喻的表情。

「大哥連飛箭都抓得住了，那個魔法卻更厲害嗎？」

「有部分也是因為事發突然。因為卡蓮的魔法威力大到不這樣就阻止不了。」

「真是的，你太亂來了啦。我立刻幫你治療，不要亂動喔。」

「我帶這孩子去爸媽那邊。得跟人家說明情況才行。」

「那我來背伊露婭。」

「卡蓮也要去！」

「等一下，卡蓮。我還沒講完——」

我試圖叫住她，卡蓮卻沒有停下，跟菲亞和雷烏斯一起走掉了。

她這麼做應該是因為擔心伊露婭，也有可能是覺得我又要繼續碎碎念，落荒而逃。我話還沒說完呢……

「……等等再說吧。小孩子果然很難管。」

「就難管這方面來說，天狼星前輩也不遑多讓。」

「不好意思，我跟莉絲意見相同。我知道當時是緊急情況，不過您未免太不看重自己了。」

「嗷！」

「……抱歉。」

不只艾米莉亞和莉絲，連北斗都瞇眼看著我，我只好乖乖道歉。

——莎米菲亞——

「……竟然發生了這種事。真可怕，幸好這孩子沒有怎麼樣。」

我們和天狼星分頭行動，回到旅館，跟伊露婭的父親說明情況，在他的帶領下來到房間，把伊露婭放到床上。

平安帶她回到家人身邊，我鬆了口氣，但她的父親不停向我們道謝，我有點難為情。畢竟我其實什麼都沒做。

「真的謝謝各位救了小女。」

「跟這孩子……跟卡蓮說吧。即使對方是成年人，這孩子依然一步都沒有退讓，只為了救她喔。」

「噢，說得也是。卡蓮，謝謝妳救了我女兒。」

「……嗯。」

伊露婭好像只是被藥迷昏，剩下交給他照顧就行了吧。

離開房間的我們本想回去找天狼星，卡蓮卻抓著我的衣服制止我。

「卡蓮，妳怎麼了？」

「又要……被罵了。」

「幹麼？妳討厭聽大哥罵人，所以不想回去？」

「…………」

「看來雷烏斯說中了。」

與其說在罵人，只是因為那些事很重要，天狼星的語氣才會特別重吧。

天狼星的表情固然嚴肅，其實他都快忍不住稱讚卡蓮的才能了，我反而覺得很可愛。

我認為卡蓮之所以覺得他在生氣，是出於傷害天狼星的罪惡感，再加上她很少被罵。我們在有翼人部落生活的半個月間，從來沒看過卡蓮被家人罵。

可以理解她不想回去，可是總不能一直賴在這邊。天狼星好像還有話要說，在我煩惱該如何說服她的時候，雷烏斯看著卡蓮的眼睛對她訴說：

「放心啦，大哥才沒在生氣。」

「不過……卡蓮從來沒看過老師那種表情。」

「不不不，大哥生氣可沒有那麼簡單喔。我以前有一次不停耍任性，惹怒了大哥……」

「……然後呢？」

「那真是——唉唷，總之超恐怖的！我都哭了他還是不肯原諒我。」

正因為他從小就跟天狼星一起生活、成長，才講得出這種話。該說有說服力嗎？有種剛才的恐懼根本不算什麼的感覺。

雷烏斯想起過去的經歷，瑟瑟發抖，但他很快就恢復理智，重新望向卡蓮。

「總、總之！大哥不是真的在生氣，妳放心。」

「可是……」

話雖如此，還是會猶豫不決呢。

事實上天狼星真的沒有生氣，只要再跟他講一次話就會明白。

如果能設法套出天狼星的真心話——噢，還有那招。

「卡蓮，妳暫時不要出聲。」

「咦？嗯。」

卡蓮納悶地歪過頭，確認她點頭後，我拜託風精靈一件事……

『……呼，這樣行嗎？』

『感覺不錯。痛覺也消失了，不會影響動作。』

精靈操縱風，為我們捎來身在遠方的天狼星他們的對話。

這個魔法的原理是讓聲音擴散，傳遍周遭的「傳訊」，是我拿天狼星的主意發明的新魔法。我第一次用這個魔法的時候，天狼星咕噥道「是收音麥克風呢」。

總而言之，突然聽見的聲音令卡蓮感到困惑，我豎起食指抵在嘴邊，拋了個媚眼。

「菲亞姊姊，這是……」

「仔細聽。妳很快就會知道沒必要害怕。」

發現這是魔法的卡蓮點點頭，閉上眼睛，以免漏聽由風送來的天狼星的聲音。

要是他知道我們偷聽他說話，八成會有怨言，不過即使是天狼星，不集中注意力就感覺不到精靈的存在，應該不會被發現。而且我很樂觀地認為，就算被發現，我的丈夫也不是會因此生氣的人，到時再想辦法解釋就行。

『天狼星少爺，雖然只有一點，您為何要留下傷痕？以莉絲的技術，應該能不留任何痕跡才對。』

『沒關係。雖說是為了讓她累積經驗，這是我讓卡蓮遇到危險的報應。而且……我不僅沒發現弟子的成長，還沒能完全接受，也算是給我一個教訓。』

『你嘴上這麼說，卻笑得很高興喔？』

『唔？糟糕……一不留意就會忍不住笑出來。得在卡蓮回來前控制好顏面神經。』

『呵呵，我明白您的心情。您很期待卡蓮將來的成長對吧？』

『是啊。憑那一點情報就能將「麥格農」重現到那個地步，以她的天分，別說用得爐火純青了，搞不好還會不小心發明新魔法。真的是前途不可限量的孩子。』

儘管只聽得見聲音，明顯聽得出天狼星他們心情很好。

跟剛才明顯不同的氣氛使卡蓮愣在原地，我用掌心包覆住她的小手。

「如何？想回去了嗎？」

「……嗯。」

「那我們回去吧。先跟妳說，剛才妳聽見的那些……」

「要保密……對不對？」

「沒錯，當然，雷烏斯也要假裝什麼都沒聽見。」

「知道了！」

或許是心情變輕鬆了，卡蓮終於展露笑容。在我和她一同邁步而出時，天狼星他們的聲音再度傳入我們耳中。

『等她回來，得告訴她「麥格農」的原理。先示範給她看……不對，再叫她用一次好了？』

『天狼星少爺，您的嘴角又……』

『欸，要是卡蓮覺得害怕，不想學那個魔法怎麼辦？』

『既然是卡蓮自己決定的，我會尊重她的選擇。畢竟那的確是危險的魔法，除此之外還有很多該學的魔法。不過，卡蓮是好奇心旺盛，又懂得珍惜朋友的溫柔女孩。她一定不會輸給魔法帶來的恐懼——』

……糟糕。明明已經聽夠了，反覆無常的精靈卻連多餘的聲音都傳回來了。天狼星說要尊重本人的自主性，剛才那段對話應該要等卡蓮自己得出答案後再讓她聽。希望卡蓮的想法不要因此受到影響。

在我想著「要是有什麼變數，去跟天狼星道歉吧」的時候，如我所料，卡蓮不安地抬頭看著我。

「卡蓮去學老師的魔法比較好嗎？」

「天狼星也說了，那是妳該決定的事。不管妳做出什麼樣的選擇，我們都不會介意，照妳的意思決定吧。」

「那……卡蓮想學！可是如果用在不對的地方，這次真的會被罵……吧？」

為了大家，天狼星能夠面不改色地弄髒雙手，卻希望弟子不要走上同樣的道路。他擁有如此天真的願望，如果卡蓮隨便使用那個魔法，天狼星肯定會生氣。表面上在生氣，內心卻會萬分悲嘆。

我判斷這個問題必須慎重回答，一直沒說話的雷烏斯開口說道：

「那不要用不就行了？又不是說學會那個魔法，就一定要拿來用。」

「啊……」

「說得對。雖說是攻擊別人的魔法，能不要用到還是最好的。」

「而且用法什麼的，跟大哥在一起就會自動學會啦。像我一樣。」

「原來如此！」

聽見雷烏斯信心十足地這麼說，卡蓮眼中開始綻放光芒。

這孩子講話有時會突然直指核心。明明對女人心那麼遲鈍，真不可思議。卡蓮拚命拍動藏在斗篷底下的翅膀，彷彿在叫我們快點回去，大概是想到只是要去吸收新知識而已，心情變輕鬆了。

「好，卡蓮。我們賽跑回大哥那邊吧！」

「啊，等等！」

「真是的，小心別跌倒。」

對我來說，卡蓮跟妹妹一樣，最近則覺得多了個女兒。

所以，像這樣教她許多知識、陪她一起煩惱，有種在養小孩的感覺，挺愉快的，不過……

「有時候也很累人。這就叫充實嗎？」

卡蓮我都覺得這麼惹人憐愛了，自己的孩子會有多可愛呢？

我想像著總有一天會懷上的天狼星的小孩，追上飛奔而出的兩人。

我們一回到天狼星身邊，卡蓮就說出自己的想法。

「老師！請你教卡蓮『麥格農』這個魔法！」

啊啊，不行啦……她確實沒有直接承認自己聽見了那段對話，但也差不多了。

「……好啊。」

看，天狼星馬上明白了一切，看著我苦笑。

幸好他沒生氣，不過他的視線有點尖銳。

——天狼星——

補充物資，檢查好裝備的隔天，我們準備離開村子，伊露婭跟家人一同前來送行。

伊露婭昨天差點被惡漢抓走，幸好只是被人用藥迷昏，沒留下後遺症。我姑且用「掃描」診斷了一下，她的身體很健康。

伊露婭不記得詳細發生了什麼事，但她在意識不清的狀態下，仍然記得卡蓮拚命試圖救出自己，在清醒過來的同時向卡蓮道謝，還說要跟她當朋友。

就這樣，兩人順利成為朋友，可惜離別之時很快就要來臨。即使如此，兩人依舊面帶笑容，牽著手道別。

「要再來我家住喔，卡蓮。」

「嗯！卡蓮會再來的。」

「說好囉！」

不過，伊露婭還是難過得溼了眼眶，緩緩解下自己頭上的緞帶交給卡蓮。

「這個送給妳。要好好珍惜。」

「可以嗎？」

卡蓮呆呆看著意想不到的禮物，立刻露出笑容，珍惜地握緊緞帶。

我偷偷告訴她這種時候要回禮，卡蓮把手伸進衣服底下，拿出一根純白的羽毛。看起來是她從自己的翅膀上取下來的。

「哇……好美的羽毛。妳在哪裡找到的？」

「這是卡蓮的——呃……撿、撿到的！這是卡蓮的寶物，送給妳！」

有點驚險，幸好卡蓮沒說溜嘴。為了彼此的安全著想，現在最好還不要透露她是有翼人。

至於卡蓮為何送羽毛當禮物，八成是想起我跟她提過有翼人的羽毛是稀有物品。

伊露婭收下蘊含真心的禮物，興奮地看著那根羽毛。

「好漂亮，跟寶石一樣！卡蓮，謝謝妳！」

「嗯，卡蓮也會珍惜妳的緞帶。」

不只外表美麗，柔軟且魔力傳導性佳的有翼人羽毛，拿來當裝飾品也是上等貨。年紀輕輕的伊露婭或許不知道，可是朋友送的禮物，其價值照理說是任何東西都無法取代的。

她們相處的時間雖短，依然建立起小孩子才懂的緊密羈絆。我們面色平靜，看著成為摯友，而不只是朋友的兩人相擁。

# 《一心為主》

離開卡蓮交到朋友的村莊的當天傍晚。

今天大家也分頭準備紮營，坐在營火前面的卡蓮愉快地哼著歌。

「哼哼哼……嘿嘿嘿。」

「……卡蓮心情很好的樣子。」

「對啊，今天她一直是那個狀態。」

「吃午餐的時候她也一直在盯著那個看，等等是不是叮嚀她一下比較好？」

在我旁邊幫忙準備晚餐的姊弟倆和莉絲一臉無奈，可以理解他們的心情。

跟伊露婭道別，收到她的緞帶後，卡蓮一直在笑。移動期間也是一有空就會盯著緞帶看，現在在思考要把它綁在哪裡。

「這邊？還是這邊？莉絲姊姊覺得綁在哪邊好？」

「嗯……以妳的髮型，與其綁起來，不如當成裝飾品。」

旁邊是做完工作的莉絲，陪卡蓮一起煩惱緞帶的位置。

「收到緞帶就那麼高興，跟姊姊以前一樣。」

「這還用說，那可是天狼星少爺送的緞帶。我因為太感動，連要不要拿來戴都猶豫了好久。」

「當時我覺得那條緞帶在哭泣。」

難得送她禮物，艾米莉亞卻說不能弄髒，一直不肯用。之後莉絲花了好幾天說服她，她才終於願意戴在身上，我在各種意義上鬆了口氣。

回想起當時的事件，我忍不住苦笑，這時外出狩獵的北斗叼著巨大的獵物回來了。

「歡迎回來。今天有點慢呢。」

「……嗷。」

「怎麼了？發生了什麼事嗎？」

我按照慣例撫摸牠的頭獎勵牠，北斗樂得搖晃尾巴，我卻覺得牠不太對勁，將獵物交給雷烏斯處理，盯著北斗的眼睛。

「有種……猶豫不決的感覺。有事讓你很在意嗎？」

「……嗷！」

「北斗先生說……牠在狩獵途中覺得怪怪的，在周遭查看……」

「什麼都沒發現嗎？從你的反應來看，似乎不是敵意。」

「嗷嗚……」

「牠說……沒有不祥的預感，那股異樣感也只出現了一瞬間，可能是錯覺。」

我接著詢問詳情，北斗調查了相當大的範圍……甚至越過一座山頭，結果一無所獲。百狼是種謎團重重的生物，牠是憑藉自己都不知道的超感覺，感應到了什麼嗎？

假如是錯覺，那就不用擔心了，不過也可能是連北斗都感應不到的生物。

我繃緊神經，以免放鬆戒心，看著我們說話的卡蓮疑惑地問：

「欸欸欸，老師不像艾米莉亞姊姊那樣有耳朵和尾巴，為什麼知道北斗在想什麼？」

「!?有耳朵和尾巴的天狼星少爺……還不錯。」

「這……因為我跟北斗認識很久。看牠的眼神及動作就大概猜得出。」

「嗷！」

除此之外，還能從尾巴的搖法和全身的動作推測，只要牠有那個意思，也能用爪子在地上畫圖寫字，藉此傳遞訊息，是我聰明的夥伴。

然而，這是拜長年累積的經驗跟直覺所賜，用講的很難說明。卡蓮聽了，突然開始盯著北斗的眼睛看，疑似在模仿我。

「嗯……你想吃魔力嗎？」

「……嗷。」

「不對？那，要用刷子幫你梳毛嗎？」

「……嗷。」

「想玩接球遊戲！」

「嗷嗚……」

「卡蓮，妳誤會大了。」

那不叫理解，僅僅是刪去法。

意即在卡蓮眼中，北斗平常要不是想玩、想梳毛，就是想吃我製造的魔力塊。雖然想否認，沒有危險的情況下大多是這樣，還真不能說她錯。

少女與狼就這樣對視到晚餐煮好。

我因為北斗提供的情報，之後仍未放鬆戒備，結果直到隔天都沒有任何異狀，我們收拾完東西就繼續移動了。

今天是大晴天，我一面駕駛馬車，一面心想差不多可以開始訓練了，卻在路上發現一件事。

「……奇怪，到現在都沒感覺到魔物的氣息。」

「我的鼻子也聞不到魔物的氣味。」

「跟平常一樣，是在害怕北斗吧？」

「嗯，因為北斗超級厲害的。」

「可是，魔物的氣息消失得這麼誇張也很奇怪耶？」

百狼在各種意義上是超乎常理的存在，野生魔物會基於本能避免跟牠接觸。

然而，平常北斗會抑制氣息及魔力，以免對周圍的環境造成影響，所以魔物不僅沒靠近，還完全感覺不到氣息，明顯不正常。宛如這附近成了空白區域。

「用『探查』也查不出東西。精靈的反應如何？」

「……什麼都沒說。有異狀的話他們馬上會躁動起來，現在卻很安靜。」

「我也一樣。反而比平常更安分。」

「北斗，跟你昨天察覺到的異樣感一樣嗎？」

「嗷嗚……」

「啊，卡蓮可以理解。有種說不清是什麼的感覺。」

北斗的異樣感、沒有魔物的地帶，現在再加上精靈特別安靜嗎？

確實是異常的狀況，不過目前對我們沒有任何負面影響，原因也無從調查起，只能靜觀其變。

為了以防萬一，我取消今天的訓練，提高戒心繼續前進，直到最後都沒發生任何事，我便暫時停下馬車，吃飯休息。

「嗯……到底是怎樣？」

「什麼事都沒發生，反而會令人不安呢。真不可思議。」

「精靈和北斗什麼都沒感覺到，我們這麼努力也查不出原因。適度地放鬆一下吧。」

「肚子好餓……」

「對啊，大哥，我也餓了。」

「我也是……」

「好好好。我馬上弄。」

大家的精神都開始感到疲憊，幸好卡蓮一如往常。應該是因為從旁看來是不會被魔物攻擊的狀況，她覺得是趟和平的旅程。

北斗一直留意周遭，我又把馬車駛出街道，停在沒有高低起伏的平原上，不可能遭到偷襲。

我盯著可能會有敵人潛伏的遠方的遮蔽物，做好午餐，北斗在我迅速吃完東西時走到我面前。

「嗷嗚……」

「唉，就一下下喔。」

北斗叼著自己專用的刷子，要我幫忙梳毛。儘管狀況不容大意，牠從早戒備到現在，就當成牠的獎勵，順便讓牠放鬆一下吧。

姊弟倆見狀，分別拿著自己的刷子排到北斗後面，就在這時……那東西突然出現了。

『……可悲啊。』

我立刻扔掉刷子轉過身，北斗和姊弟倆則進入備戰狀態。莉絲和菲亞也在同時行動，站到能從聲音傳來的方向保護卡蓮的位置。

我集中魔力，以便隨時可以發射「麥格農」，看似霧氣的東西，在空無一物的空中聚集起來……

『想不到會看見對人類獻媚的百狼。』

出現一隻全身散發銀白光輝的巨狼。

外型是我們熟悉的北斗的放大版……也就是百狼，不過存在感明顯和北斗不同。

最先讓我大吃一驚的，是牠的體型。

北斗讓兩個人騎上去都沒問題，眼前這隻百狼卻比北斗大上兩圈，牠們站在一起根本是大人與小孩。

最驚人的是從牠身上溢出的龐大魔力。

釋放出如此龐大的魔力，還能在不被任何人發現的情況下接近，難以置信。足以讓身後的景色扭曲的濃密魔力，以及走過漫長歲月的威嚴及魄力，導致我差點腿軟，但牠沒有要發動攻擊的跡象，所以我勉強撐住了。

連我們都被震懾住，我擔心卡蓮是否承受得了牠的魄力……

「哇……比北斗還大！」

出乎意料的是，卡蓮毫不驚訝。

仔細一想，她在故鄉都跟亞斯拉德那些上龍種一起生活，習慣面對體積龐大的對象。她覺得大一點反而比較令人安心，是個有點奇怪的孩子。

「而且毛好多！可以請牠讓卡蓮坐到背上嗎？」

「卡蓮，等等再說。」

不對，或許是因為她的好奇心太過強烈。

總之，託她的福，我稍微沒那麼緊張了。確認卡蓮聽菲亞的話乖乖退到後面後，我重新觀察那隻狼的動作，百狼盯著北斗深深嘆息，表現出無奈的樣子。

『人類也就算了，身為百狼的你竟然沒發現。真沒用……不，這也是與人類共同生活的弊病吧。』

在聽見聲音前沒有任何人發現牠，這隻百狼搞不好擁有連北斗都不知道的特殊能力。北斗前幾天感覺到的異樣感，恐怕也是來自這傢伙。

儘管沒有敵意，可以理解不只北斗，牠連我們都沒放在眼裡。要回嘴叫牠別說這種蠢話是很簡單，但我很清楚百狼的力量，想盡量避免觸怒牠。

再說，我們也沒有理由跟牠交戰，因此我本想對牠以禮相待，站在我旁邊的北斗卻毫不掩飾敵意。

「吼嚕嚕嚕……」

『什麼？區區人類，只要你有那個意思，就算是沒用的你也能將他們踩在腳底吧？』

「嗷！」

感覺牠是因為被說沒用才在生氣，但北斗不會因為那種挑釁發怒。另有原因……與我們有關嗎？

「從來沒看過北斗這麼警戒。」

「百狼是種神祕的生物，難道牠們有遇到同族就得打一場的習性？」

「不是啦，菲亞姊。北斗先生在生氣。自己也就算了，牠不能原諒那隻狼看不起大哥和我們。」

「北斗先生好像在說『不准你侮辱我敬愛的主人和家人』。這才是我們的前輩！」

對方是人類的話牠不太會放在心上，跟自己一樣的百狼講那種話，牠就無法接受了嗎？

我很高興牠為我們生氣，可是太激動也不好，希望牠冷靜點。

然而，雙方的意見似乎一直沒有交集，北斗和百狼的對話，火藥味愈來愈重。

「嗷……嗷！」

『你身為百狼的驕傲跑哪去了？不，正因為你還那麼幼稚，才會跑去依靠人類嗎？』

「這話我可不能當沒聽見。北斗幫過我們好幾次。」

「牠才不幼稚。北斗是心地溫柔，能夠獨當一面的狼。」

「雖然我不知道大家在說什麼，北斗很強的！」

弟子們無法接受北斗遭到侮辱，跟著上前反駁。身為銀狼族的兩姊弟無法回嘴，但兩人依然狠狠瞪著百狼。

這個態度可能會惹到牠，冷靜的百狼卻像在教導小孩似的，對我們說：

『人類怎麼想，也改變不了牠是個半吊子的事實。我們百狼是將瀰漫於土地中的魔力吸進體內，讓身體成長的生物。活了數十年還只有那個大小，就是牠幼稚的證據。』

「土地的魔力？」

仔細回想起來，我和北斗的確是在那樣的場所重逢。

北斗說那裡待起來很自在，或許是本能令牠停留在瀰漫魔力的場所。

然而與我重逢後，北斗便停止吸收土地的魔力，不再成長，百狼無法允許這種事發生。

雖然多少會有罪惡感，與人類同在是北斗自己選擇的道路，我想尊重牠。

除此之外，牠剛才的發言有句話令人在意。那隻百狼說北斗活了數十年對吧？

「您看過北斗的父母嗎？」

『人類啊，百狼沒有父母。我只是看過剛出生的那傢伙。記得牠會做出神祕的行為，真沒想到那傢伙現在不只會對人類搖尾巴，還跟家畜一樣拖著馬車跑。』

「吼嚕嚕嚕！」

『確實是你的自由，但我實在看不下去。勸你立刻停下這場鬧劇，去吸收魔力。做不到的話，收拾掉那些人，是否就能讓你死心？』

沒有父母這件事固然令人在意，現在情況變得不太妙，還是等等再說吧。

我進入備戰狀態，想著至少要讓女性組逃掉，北斗上前一步，大聲咆哮。

「嗷！」

『行。若你所言不假，證明自己的實力給我看吧。』

北斗大概是想證明自己有所成長，要求跟百狼一決高下。

牠集中魔力走上前，在途中愧疚地回頭望向我，或許是在為自作主張一事感到不安。

「別管我們。去吧，北斗！」

「……嗷！」

對手的實力不明，但可以確定在北斗之上。

不過，上輩子跟我一起生活的你，應該很習慣與強者交手了。因此我才敢乾脆地送你前往戰場。

北斗抬頭挺胸走向前，百狼則站在原地一動也不動，似乎想讓牠先攻。

『放馬過來。能打中我一次，我就誇你幾句。』

「嗷！」

看對手沒有動作，北斗跟牠保持一定的距離，開始集中魔力。

巨響在龐大魔力解放的同時響徹四方，北斗蹬地飛奔，在腳下的地面開出一個大洞。

牠如同一支光箭加速逼近，對手卻紋風不動。

『……唔。速度不差。』

北斗判斷再怎麼快速移動，從正面進攻都會被躲掉，踢擊用魔力製造的踏板，強行改變前進方向。

除此之外，牠還在空中不停跳動，於百狼周身跳來跳去，擾亂對手。

那是我在與巨大敵人交戰時會用的擾亂戰術，以前我跟上龍種梅吉亞較量時用過。持續在對手附近高速移動，不只能閃避攻擊，還能讓對手看不出自己的目標。

北斗跳出去的瞬間，會在空中留下白色痕跡，當百狼的身體被無數條白線淹沒……北斗發動攻擊了。

『不過，僅僅是小伎倆。』

然而……百狼的反應和甩尾的速度超越了牠。

瞄準脖子的北斗連防禦的時間都沒有，就被尾巴擊落，在地上彈了好幾下，飛得遠遠的。

剛才那一擊使我深刻體會到，我們和百狼之間存在壓倒性的力量差距。

『再怎麼模仿人類的戰鬥方式，都逃不過我的眼睛。』

「嗷……嗚……」

剛才那一擊造成的傷害比想像中還大，北斗的身體抖了幾下，站都站不起來。

通常會在這時給牠最後一擊，百狼卻只是冷冷看著牠。

『懂了嗎？你根本不理解百狼的力量。只要你還沒搞清楚，連我都碰不到。』

百狼說得沒錯，北斗大多是遵循跟師父和我戰鬥的經驗來應戰。

狼通常使用牙齒或爪子攻擊，北斗卻會收起前腳的爪子用毆打的，控制力道，非有必要不會殺人。簡單地說就是有人類的味道。

推測是上輩子的記憶造成的影響，害北斗無法將百狼本來的能力運用自如嗎……？

怎麼想都沒有戰勝牠的希望，但我明白了一件事。

在場的人拚上性命都絕對贏不了的強敵近在眼前，我們卻泰然自若，是因為……

『知道自己有多稚嫩了嗎？唉，對於只活了數十年的小孩來說，或許為時尚早。』

我們發現這隻百狼只是想鍛鍊北斗。

不曉得是因為牠身為前輩，還是跟萊奧爾爺爺一樣想跟強者交手，那隻百狼對我們一點興趣都沒有。之所以詆毀我們挑釁北斗，也是想刺激牠拿出全力。

『你要睡到什麼時候？這點傷馬上就站得起來吧。』

「……嗷！」

北斗忍著痛站起來，再度衝向百狼，百狼瞬間繞到牠背後，用前腳把牠踩在身下。

北斗想要逃離，卻因為百狼踩得很用力的關係，無法從牠的腳底掙脫。

持續被足以踩碎地面的力量壓制著，北斗採取的行動是……

「……嗷！」

『唔!?』

牠從口中射出衝擊波，擊碎地面強行製造出空隙，成功逃離。

北斗趁勢跟對手暫時拉開距離，短短兩回合的攻防戰就讓牠遍體鱗傷，美麗的狼毛變得又髒又亂。

過去跟人稱炎狼，形似百狼的會燃燒的狼戰鬥時，牠也陷入了苦戰，這次卻遠比那個時候更加疲憊。

然而……北斗並沒有喪失鬥志。

牠連站都站不穩了，還是站起來對百狼發動攻勢，就算被輕易閃過，狼狽地倒在地上，北斗仍未停下。

我們靜靜觀戰，只有卡蓮忍不住哭著拉扯我的衣服。

「老師，為什麼不阻止牠？看起來……好痛喔。」

「我也很想，但北斗還沒放棄。不能因為我個人的想法阻止牠。」

「可是……」

「如果妳看不下去，可以不用勉強。不過希望妳記住北斗堅持奮戰的模樣。」

那是貫徹自身意志之人的模樣，光在旁邊看，應該都會對卡蓮有幫助。因此即使只有一點也好，希望她記在心裡——我邊說邊撫摸卡蓮的頭。

這個道理對於還沒長大的卡蓮來說，或許太複雜了點，但她還是大致明白了，抓著我的袖子，靜靜觀看北斗的戰鬥。

『全是無效的攻擊。百狼的本質可沒這麼弱！』

「……嗷！」

這場比試的起因雖然是我們遭到侮辱，我卻覺得北斗正在為其他理由戰鬥。

恐怕……牠在試圖超越極限。

由於北斗轉生成了堪稱作弊等級的強大種族——百狼，大部分的敵人都構不成威脅，光靠一己之力鍛鍊又有極限。

除此之外，眼前還是連牠自己都不甚瞭解的百狼的前輩。

北斗將自己的戰術通通用在牠身上，八成是想拿出全力，以免錯過這個機會。

可惜，擁有優秀能力的百狼也是有極限的。

承受了數十次攻擊的肉體發出悲鳴，北斗在動作變遲鈍時被尾巴擊中，倒在地上動彈不得。

『……到此為止。現在的你太嫩了，連消滅的價值都沒有。別再跟人類混在一起，順從百狼的本能吧。』

「……要走了嗎？戰鬥還沒結束呢。」

確認北斗還有呼吸後，我下意識叫住轉身準備離去的百狼。

百狼似乎沒想到自己會被叫住，納悶地回過頭，其他人也面露驚愕。

『怎麼？你們快點留下那傢伙消失吧。還是說明知只是徒勞，還是要挑戰我？』

「不是的。我的夥伴……還沒輸。」

我們上輩子跟師父這個非人類的存在，經歷過數不清的戰鬥。輸得再慘都會持續挑戰強者的精神，以及不服輸的個性……

「你跟我一樣吧，北斗！」

「嗷嗚嗚嗚嗚嗚嗚——————！」

北斗在咆哮的同時站起身，彷彿對我的呼喚有了反應。

牠擠出最後一絲力量，身體因為在體內凝聚的魔力而開始發光……看起來不太對勁。

北斗突然呻吟，痛苦地再度倒地。跟之前受傷時的反應有所出入。

看見那異常的模樣，我們急忙跑過去，從北斗身上散發的魔力卻如同暴風般掀起狂亂的氣流，難以接近。

我急忙用「探查」調查，牠體內的龐大魔力好像失控了。

簡直像……破蛹而出的蝴蝶。

『哦，看來窩囊廢也抵達那個境界了。』

靜靜看著北斗的百狼，初次表露出驚訝的情緒，大概是完全沒想到會發生這種事。

北斗大聲吼叫，彷彿要將痛苦傾吐出來，身體綻放耀眼的光芒，將周圍抹成一片白色的強光，令我們不禁閉上眼睛。

閃光不到一秒就消失了，我張開眼確認北斗的狀況，牠剛才倒下的地方卻空無一物。

「……北斗？」

難道……身體撐不住突破極限的魔力，消失了？

可能性相當高，因為據我調查，百狼的身體幾乎由魔力構成，跟人類的肉體大部分是水分一樣。

我選擇默默旁觀錯了嗎？在我後悔之時……

「嗷嗚！」

「咦？是北斗。」

「北、北斗先生!?什麼時候出現的……」

北斗不知何時跑到我旁邊搖著尾巴待命。毛雖然還是亂七八糟，現在的牠跟什麼事都沒發生一樣有精神。

不只我，其他人也是在北斗出聲後才發現牠，剛才也發生過同樣的狀況。跟神不知鬼不覺地出現在我們面前的那隻百狼一樣。

話說回來，北斗發生變化時，百狼說了「抵達那個境界」。

也就是北斗發生了什麼變化，但我目前看不出來。

剛才的光芒是什麼東西？我感到疑惑，這時北斗往我身上蹭過來，向我撒嬌。

「嗷嗚……」

「嗯……肚子餓了嗎？」

「好像是。」

北斗似乎在跟我討魔力，或許是因為剛才的閃光消耗掉大量的魔力。

牠的對手百狼還在那裡，卻一語不發，允許北斗補充魔力。

為求保險起見，我將注意力放在百狼身上，集中魔力，餵北斗吃了比平常密度更高的魔力球。

「嗷嗚……」

「呼……還要嗎？」

「嗷！」

本以為一個應該就夠了，牠卻叫著索取更多魔力球。

百狼本來就會吸收大氣中的魔力，沒必要吃我的。但對北斗而言，用吃的身體好像會吸收得比較快。

平常吃一、兩個牠就會滿足，不然就是怕我會累自己克制，這次卻吃了五個還不夠。

每製造一顆魔力球，我都會因為魔力枯竭的關係不太舒服，但為了北斗，這點小事不算什麼。

我調整呼吸，恢復魔力，在製造出第六顆魔力球時身體一個不穩，站在旁邊的妻子們扶住了我。

「天狼星少爺，請靠著我們。」

「還好嗎？先喝口水調整呼吸吧。」

「我不會叫你不要勉強，可是真的撐不住的話要說喔。」

我很高興她們雖然會擔心，還是考慮到我的心情，沒有逼我停手。

艾米莉亞為我擦汗，莉絲拿水給我喝，菲亞從背後支撐我的身體，我再度集中魔力，將第七顆魔力球遞給北斗。

「嗷嗚……」

「別客氣。你想拿出全力吧？」

「……嗷！」

吃完第七顆，牠終於滿足了，叫了一聲跟我道謝，走向百狼。牠的背影信心十足，看起來異常可靠，肯定不是錯覺。

過了那麼久，百狼還是乖乖在原地等候，看著重新站到面前的北斗，感慨地點點頭。

『原來如此，人類竟然有如此用法。這樣就能隨時得到品質良好的魔力，虧你想得到。』

「嗷！」

『叫我別用那種眼光看他……？講這什麼話，你都在吃他的魔力了。而且我根本不在乎。儘管不在我的預料之中，你成功進化了啊。』

看來剛才的光芒是進化時會發生的現象。

說起來，進化是讓身體配合周圍的環境改變，應該可以確定北斗產生了某種變化，但除了魔力及氛圍外，感覺不出有什麼差別。

以進化來說，身體的變化還真少。思及此，我發現百狼有點不悅。

『可是……我不懂。為何你還是這麼小？』

以百狼的標準來說，進化等於身體會變大。

意即北斗是自己讓身體大小不要改變的，牠為何沒有參考眼前的範例？

百狼將疑惑的我們晾在一旁，得出答案，嘴角微微上揚。

『……原來如此。你堅持要與人類同在。真是奇怪的傢伙。』

「嗷！」

『哼，行。讓我看看你的進化吧。』

北斗那聲吠叫，大概是在說「這次可沒那麼容易」。

牠在釋放魔力的瞬間發出光芒，白色身體產生巨大的變化。

「那是……北斗嗎？」

「快看快看！北斗的頭髮變長了！」

「那不是頭髮，是鬃毛。短時間內竟然能有這麼大的改變……」

最大的差異是頭部到背部的毛增長到尾巴，長短不一的毛形似火焰。

這副與變身一詞再適合不過的模樣，感覺得出是遵循自身的意志改變的，此外，牠的變化不只外表而已。

「我說大哥，你有沒有覺得突然變溫暖了？」

「豈止溫暖，我甚至覺得熱。」

現在雖然不是冬天，大陸特有的氣候應該會讓肌膚感覺到寒意才對，這一帶的氣溫卻明顯上升。

這也是當然的，因為北斗的全身上下在噴出猛烈的火焰。狼毛不只看起來像，而是變成了真正的火。

「好燙好燙!?大哥，火花噴過來了。再後退一點吧。」

「簡直像火精靈。百狼的謎團又增加了。」

「我們可能會遭受波及，最好先準備好水……莉絲？」

「天狼星前輩，那該不會是……」

「嗯，一樣。」

我們曾經看過能把火焰操控自如的生物。

是看得見火精靈的男人，以及與那名男子同在的紅狼……

「跟炎狼一樣……」

北斗跟我說牠確實殺掉了炎狼，莫非牠在那個時候無意間吸收了炎狼的魔力？

可是，之前牠從來沒有用過火焰，說不定是進化後才覺醒的能力。

『原來如此，不錯的火焰。但你覺得區區火焰能嚇到我嗎？』

「嗷！」

北斗叫了聲表示牠的本領不只這樣，用前腳使勁踐踏地面，從身體噴出的火便沿著地面擴散開來。

火焰持續擴散，彷彿在地上奔馳，在擴散到一個程度時停下。形狀跟北斗一樣的火焰，接連從那張火毯冒出。

用火製造分身嗎……看來北斗操縱火焰的技術，比炎狼更加純熟。

在我們驚訝的期間，火焰分身仍在持續增加，分身的數量大約超過一百時，北斗再度吠叫。

「嗷！」

火焰分身以此為信號同時突擊，散開來圍住百狼。

分身們的速度不比北斗差，再加上整齊劃一的動作，想逃離那個包圍網近乎不

可能。

不管牠的身體有多大、力量有多強，同時從四面八方遭受攻擊，肯定撐不住，百狼卻不慌不亂。

『哦……有趣的用法。』

面對令人窒息的高溫，百狼仍舊冷靜沉著，輕鬆地對付緊逼而來的無數分身，彷彿要體現牠的從容。

牠揮動爪子及尾巴的速度，足以與萊奧爾爺爺的劍匹敵，像在擊落蟲子般打倒一隻又一隻的分身。

北斗也在分身碰到百狼時引爆它們，而不只是派分身衝撞，百狼的身體卻半點焦痕都沒有，或許是用魔力護住了全身。

儘管如此，北斗還是沒有移動，不斷製造分身，但牠應該也發現這樣下去贏不了對手了。只要百狼有那個意思，恐怕可以不管那些分身，直接從正面突破重圍，就算北斗想打持久戰，我也不覺得百狼會先耗盡力量。

明知道戰況只會對自己愈來愈不利，北斗到底想做什麼？

應該要趁對手尚未提高警戒採取行動，牠卻依然沒有動作。

『你打算玩到什麼時候？你也發現這些花招對我無效了吧？』

分身繼續搭配假動作，用各種方式進攻，卻通通被百狼的爪子和尾巴防住。

被消滅的分身估計有兩百個以上。

可是，百狼沒有露出疲態，反而對於迎擊分身感到不耐，叫北斗適可而止。

百狼何時轉守為攻都不奇怪，這時……北斗終於有動作了。

「嗷嗚嗚嗚嗚嗚——！」

北斗用火焰包覆自己的身體，變得跟周圍的分身一樣，同時衝向前方。

其他分身當然沒有停止攻擊，只要混入其中，應該很難找到北斗。

我站在較遠處觀戰，又能大概猜到北斗想什麼，所以掌握得了牠的位置。不過對於遭受攻擊的那一方來說，幾乎不可能認出本尊。

北斗埋頭製造分身的目的就在於此，本以為是個能夠乘隙而入的好計策，百狼的嗅覺和直覺卻比想像中更敏銳。

『愚蠢。又耍這種小伎倆！』

百狼看穿本尊是直接從正面進攻、想要出其不意的那隻狼，揮下前腳將北斗砸在地面。

牠還用魔力加以防禦，毫不在意北斗全身纏繞火焰，一直將牠踩在地上，告訴牠不認輸就等著被踩扁……

『結束了——唔!?』

這時，百狼發現情況不對，加重力道，北斗徹底消滅，只留下火焰的殘渣。

一旦本體消失，分身也會消失，戰鬥將到此結束……本來應該是這樣的，周圍的分身卻依然存在。

這也是當然的。因為百狼踩扁的不是本體，而是將形似北斗的魔力塊用火焰包住的誘餌。百狼的身體幾乎是由魔力組成，才能使用這種誘餌。

被騙得團團轉的百狼重新尋找起本尊，可惜北斗已經繞了一大圈，拿分身當盾牌，從身後撲向百狼。纏繞在身體上的火焰已經消失，速度卻比以前更快了。

『算你厲害。不過，還不夠快！』

百狼迅速反應過來，揮下尾巴試圖擊落北斗。

進化帶來的不只火焰能力，北斗的身體能力也大幅提升，但還是遠遠不及那隻百狼。

這樣只會重蹈覆轍，可是北斗的目標就在於此。

「天狼星少爺！北斗先生牠……」

「不必擔心。因為那傢伙……北斗是跟我一起成長的。」

沒錯……北斗故意引誘對手使出尾巴的那一擊。

如果雙方的爪子和尾巴直接碰撞，北斗肯定會輸。

北斗贏過力量遠勝自己的百狼的——是在跟師父和我相處的過程中鍛鍊出來的技術，以及與強者為敵的經驗。

再加上牠受到好幾次攻擊，開始習慣百狼的動作，經過縝密的布局，使尾巴的一擊稍微變慢了些。

結果，北斗配合百狼的動作，同時揮下——不，是早牠一步揮下尾巴，在對手使出全力前讓雙方的尾巴撞在一起。

「嗷！」

『唔!?』

百狼可能覺得會演變成互相推擠的情況，北斗的目的卻不是接住這一擊，而是分散牠的力氣。

牠利用了我經常使用的四兩撥千斤的技術，讓尾巴的軌道稍微偏移，突破牠的防禦，百狼的背部近在眼前。

北斗終於降落在百狼毫無防備的背上……

「嗷嗚嗚嗚嗚——！」

發出勝利的咆哮。

本以為牠會攻擊百狼，但我想起百狼在開打前說過，只要北斗打中牠一次就會稱讚牠。

在北斗站到牠背上的瞬間，就等同於達成條件了，要是擅自攻擊，真的惹怒了牠，我們也會有危險，所以北斗才刻意什麼都不做吧。更重要的是，百狼好像只是想測試北斗。

周圍的分身不知不覺開始消失，在原地愣了一會兒的百狼，嘆著氣面向身後的北斗。

『你真的很奇怪。不過……幹得漂亮。』

「嗷！」

雙方互相稱讚對方的英姿……

「欸，大哥……」

「別說，我也有同樣的感想。」

「好可愛！」

「啊哈哈。卡蓮，現在不可以講那個啦。」

「呵呵……但我也這麼覺得。」

「是的，看起來像一對父子。」

大百狼背上坐著一隻小百狼的畫面，害我們下意識揚起嘴角。雖然這樣講對認真交談的兩人……不對，兩隻狼不太好意思，這一幕感覺就像小烏龜坐在爸爸背上，溫馨至極。

牠們在我們忍笑的期間講完話，北斗跳下百狼的背，往這邊跑回來。

跑回這裡的途中，北斗的身體發出一陣光芒，變回變身前的模樣。

「嗷！」

「做得好——噗呃！」

「天狼星少爺!?」

「大哥！」

北斗因為太過興奮，往我身上撞過來，將我撞倒在地。平常我說不定有辦法接住牠，但我現在經歷多次的魔力枯竭，身體使不出力氣，沒能好好站穩。

被姊弟倆扶起來的我，摸了下正在反省自己太過得意忘形的北斗的頭。

「嗷嗚……」

「我沒事，不用擔心。別管我了，你表現得很好喔。」

「對呀，非常帥氣。」

「火焰由北斗來使用，讓人覺得很安心呢。」

「北斗先生的英姿，我記在心裡了。」

不只是我，來自眾人的讚賞，令北斗樂得尾巴狂搖。

牠全身的毛都亂掉了，今天得仔細幫牠梳毛才行。在我思考之時，遠遠看著我們的百狼走了過來。

即使感覺不到敵意，牠的魄力還是讓我們反射性警戒起來，百狼卻慢慢趴到我們前面，開口說道：

『人類啊，無須警戒。我本來就沒打算攻擊人類。』

「可是，您剛才不是說要收拾掉我們嗎？」

『那僅僅是為了讓那個半吊子拿出實力所說的謊。本以為牠是個忘記百狼的本分，黏在人類身邊的初生之犢，想不到竟有此等實力，我得對牠改觀了。』

百狼語氣雖然嚴肅，那似乎是牠活了那麼久所養成的習慣，只要我們不要對牠失禮，牠就不會介意。

這個讓人想問「你剛才的殺氣跑哪去了？」的輕鬆態度，害我們不知道該作何反應。

不過，現在已經不是要開打的氣氛，趕快跟百狼打聽情報吧。

「意思是，北斗得到了您的承認囉？那個……」

『我也很不情願，但牠畢竟讓我見識了牠的力量。還有，我沒有名字。隨你們怎麼叫。』

「那麼，我就稱呼您為百狼大人了……您出現在我們面前，是為了鍛鍊北斗嗎？」

『正是。這麼久沒見，牠那副德行實在太沒出息，我無法忍受。本來只是想讓牠找回百狼的驕傲，沒想到牠竟然進化了。』

他接著告訴我其他關於百狼進化的知識。

百狼從大氣之中吸收的魔力，會在體內累積成結晶，結晶成長到一定大小就會碎裂，在溢出龐大魔力的同時進化。

結晶碎裂的原因五花八門，最簡單的是陷入危機，或者做出強烈覺悟的時候。

百狼在開戰前提到，牠們會行遍魔力充足的土地，停留在該處，也全是為了進化。

或許是因為明明跟自己有關，牠卻對百狼這個種族不甚瞭解吧。北斗叫了聲，要百狼多教牠一些，百狼無奈地開始說明。

『這些東西本來是會自然理解的。也罷。百狼會在各地收集魔力，反覆進化，最後昇華成精靈。那就是百狼的命運。』

「咦，會變成精靈嗎？」

「我怎麼沒聽大家說過……」

「欸欸欸，變成精靈會怎麼樣？」

『不清楚。我的進化之路才走到一半，也沒看過變成精靈的百狼。』

之後我又問了幾個問題，百狼回答得很乾脆，大概是沒必要隱瞞。

我們剛開始之所以沒發現百狼，是因為眼前這隻百狼已經進化過好幾次，成了近乎於精靈的存在。

跟北斗會變身一樣，這隻百狼能變成接近精靈的狀態，牠就是變成那個狀態隱藏氣息，偷偷觀察我們。

既然如此，水精靈或風精靈應該會告訴我們，不過對精靈而言牠等於是同伴，所以不覺得有異狀。

百狼不斷提供無法輕易得知的情報，光聽牠講話就很有趣。

尤其是好奇心旺盛的菲亞和卡蓮，十分樂在其中。

「你講的這些真的很有意思。」

「卡蓮想多聽一點！」

「對啊，例如進化，百狼真是神祕的生物。」

讓自己更接近精靈，就是百狼的本分嗎？

北斗總有一天也會踏上這條路，牠卻一臉疑惑，導致百狼嘆著氣搖頭。

牠在為搞不清楚狀況的北斗頭痛的模樣實在很有趣，這時莉絲想到了什麼，提出疑問。

「那個，您剛才說百狼沒有父母，那麼百狼是如何維持物種數量的？」

「的確，沒有父母就不會有小孩。」

『百狼跟人類不同。進化過好幾次的百狼，有時會使用累積在體內的魔力，創造自己的分身。』

像史萊姆那樣分割身體，獨立成為新的百狼嗎？

既然是消耗自身魔力創造出的存在，也可以說是父母了，對百狼來說卻並非如此。

想著想著，我腦中浮現一個可能性。儘管牠沒有明言，這隻百狼會不會就是製造出北斗，如同親生父母的存在？

首先，從目擊情報的數量及稀有度判斷，百狼的總數應該非常少。

牠卻碰巧在北斗剛出生的時候發現牠，又碰巧跟牠重逢，覺得北斗不像樣，卻不吝於照顧牠，還給予忠告。也有可能是因為種族相同，抑或那就是百狼的特徵，不過牠嘴上叫北斗靠本能理解，實際上卻做了那麼多。

重點是從那冷漠的言詞中，處處感覺得到嚴格教育小孩的父母般的溫柔。

「嗷嗚……」

「乖乖乖，之後再幫你梳毛。」

『唉……真的很難堪。百狼的驕傲跑哪去了？』

雖然牠現在對北斗投以憐憫的目光……肯定是這樣沒錯。

之後，我們目送百狼離開，找到一個靠近水源的好地方，著手紮營。

以現在的時間來說，還能繼續移動，可是我們擔心跟百狼認真戰鬥過的北斗會累。我也因為耗盡了好幾次魔力，有點疲憊，所以人家叫我在旁邊休息，不用幫忙準備紮營。

於是，我邊顧營火邊幫北斗梳毛。

「話說回來，百狼大人明明那麼強，卻很不擅長表達情感呢。」

「對啊，擔心牠又沒有錯。」

為我送來紅茶的艾米莉亞想起百狼剛才的行為，面露微笑，我也梳著北斗的毛表示贊同。

其實，與百狼道別前，我問了牠跟北斗的關係……

『據我猜測，您莫非是北斗的——』

『再見。』

一扯到這個，百狼就逃也似地跑掉了。

比起不想回答，感覺更像在害羞。

本來不打算管，結果還是忍不住插手了……我聞到這種笨爸爸的味道。

性格與外表截然不同的百狼，令我不禁苦笑，在旁邊玩北斗尾巴的卡蓮遺憾地咕噥道：

「啊啊——卡蓮好想騎在那隻大北斗身上。」

「不可以什麼都想騎喲。要騎的話，得先徵求對方的同意。」

艾米莉亞委婉地叮嚀她，這時我刷好一邊的身體了，北斗馬上換了個方向。

「嗷嗚……」

「好吧……也許不能怪百狼會擔心。」

看見牠邋遢地躺在地上，露出肚子毫無戒心，享受被我梳毛的模樣，可以理解百狼會想說牠難堪。跟百狼戰鬥時的英姿跑哪去了？

「唔……毛的質感果然變了。這也是進化造成的影響嗎？」

「雖然您都梳那麼久了才問這個很奇怪，北斗先生摸起來不會熱嗎？」

「沒問題。只有變身的期間會熱，現在跟平常一樣……不對，比以前更好摸喔。」

聽見我這麼說，大家也起了興趣，中斷手邊的工作跑來摸北斗。

「我看看。哦……觸感真的不同。摸起來會上癮耶。」

「尾巴也好有光澤。我也好想變成這樣。」

「今天我可以睡在北斗身上嗎？」

「嗷嗚……」

北斗用軟綿綿的叫聲回答，牠說只要牠有那個意思，以現在的狀態也能發熱，若我有需要，好像可以當暖爐用。

「我很高興你願意為我奉獻，可是你不介意嗎？好歹是傳說中的狼。」

「嗷！」

「牠說來到這塊大陸後，天狼星少爺看起來是最冷的，能幫您取暖再好不過。」

百狼的進化本來是除了身體能力和魔力提升外，身體也會大上一圈。

北斗卻捨棄體型增加，換來變身能力……以跟炎狼的戰鬥經驗為基礎，得到操縱火焰的能力。

本以為北斗因為火是最具攻擊性的屬性，又能像創造火焰分身那樣，增加攻擊的多樣性，才選擇這個力量，牠該不會是因為我會冷，就選了這個能力吧？

「……是我想太多了吧。日常生活也很常用到火，拜託你不要跟雷烏斯吵架──」

「嗷！」

「原來如此，用我的風就能讓北斗先生製造的熱氣溫暖整個房間。在下一間旅館試試看吧。」

下次見到那隻百狼，要不要跟牠道個歉？畢竟牠因為北斗沒選擇跟自己同樣的進化方向，有點遺憾的樣子。

我感到一絲不安，繼續梳毛，總算刷好全身時，北斗突然站起來。平常牠會暫時沉浸在餘韻中，一動也不動，這次牠的臉卻固定在某個方向，似乎有什麼東西。

我對那個方向使用「探查」，沒有偵測到任何氣息，該不會……

「在叫你嗎？」

「嗷嗚……」

「這樣啊。去吧，不用管我們。你們也有話想單獨聊聊吧？」

「嗷！」

呼喚牠的人是誰，我想用不著說明了。

那隻百狼不太可能與我們為敵，也沒有戰鬥的理由，我便乾脆地送走北斗，牠叫了一聲向我道謝，飛奔而出。

—— 北斗 ——

被主人乾脆地送走的北斗，以某個地方為目標，在森林中奔跑。

百狼巨大的身軀在森林裡行動，很容易撞到樹枝或樹幹，北斗卻靈活地避開它們。沒有放慢速度，持續狂奔。遠比人類敏銳的百狼，才辦得到這種事。

順帶一提，撞到樹枝也不會痛，卻將障礙物全數閃過的原因，是牠不想弄髒主人好不容易幫牠整理好的毛。

之前只會帶來異樣感的那隻百狼的氣息，如今也能清楚感覺到。或許是進化造成的影響。

拜其所賜，牠知道當著一行人的面離開的百狼，正從遠方呼喚自己。

其實牠不太想離開主人天狼星身邊，但這是北斗第一次遇到跟自己一樣的物種，對方又是境界遠比自己高深的百狼。

不能糟蹋這珍貴的邂逅，於是北斗經由最短的路線穿過森林，以盡快抵達目的地。

百狼的氣息在離這裡有兩座山遠的地方，不過對北斗而言，這段距離稱不上遠。牠毫不費力地跳過途中的山谷，短短幾分鐘就來到那個地方。是一條遠方有道巨大瀑布的大河邊。

水流變慢的河灘上，巨石散落一地，北斗尋找的百狼靜靜趴在特別大的那塊石頭上等待牠。

『……來了嗎？』

「嗷！」

百狼睜開眼，默默凝視慢步走過來的北斗。

牠的氛圍比道別時更加穩重，北斗發現看著牠的眼睛，自己的心情會自動平靜下來。

是因為如同天狼星的推測，牠正是製造出自己的家人般的存在嗎？

然而北斗不是來這裡撒嬌的。牠繃緊神經，呼喚百狼。

「嗷！」

『別那麼警戒。我只是想多和你聊幾句。』

本來有考慮到開戰的可能性，看來只是要與牠交談。北斗鬆了口氣。牠不想再讓主人操心了。

北斗也有關於百狼的問題想問牠，才來到這裡，對方卻先行提出問題。

『我明白你要跟人類一起生活了。正因如此，我想知道你選擇進化成那樣的理由。』

絕對不壞，可是北斗得到的新能力，脫離了百狼進化的正道。

就算遲早能變成精靈，牠怎麼想都覺得北斗繞了一大段遠路，只得到多餘的力量，十分疑惑。

『你不是想保護比自己弱小的人嗎？那麼應該讓身體變得更大，身心都要變強才對。』

追求力量的話，體型大通常更容易占上風。

力氣會隨著體型增加，體積一大，自然會產生壓迫感，其他人也不敢隨便對牠動手。至於身體太大動作會變遲鈍這個缺點，有了百狼的身體能力等於可以無視。

北斗卻沒有讓身體變大，是為了守護最重要的存在。

「嗷！」

『為了能待在人類身邊？身體變大又有何妨——什麼？不能進入旅館？』

儘管跟這隻百狼比起來，北斗的體型顯得很嬌小，在人類眼中牠已經足夠龐大了。

如果旅館老闆是獸人，或者願意接納北斗的人，會同意讓牠進屋，不過北斗常因為體積太大的關係進不了旅館，只得睡在馬廄或倉庫。

雖然隔著一段距離北斗也能立刻趕到，果然還是待在主人身邊最令人心安。

北斗刻意沒有將最重要的理由說出口，那就是待在他旁邊，梳毛的時間會增加。

『人類這種生物，脆弱到你必須如此犧牲嗎？』

「嗷！」

北斗表示，不只是為了守護，能跟他們在一起很幸福。

即使出身和種族不同，把牠當成家人對待、疼愛的主人身邊，就是北斗的容身之處。

而且……

「嗷！」

『呵……說得沒錯。』

北斗斬釘截鐵地說，勝負端看戰鬥的方式，用不著拘泥於體型上。

體積龐大或許會比較強，但北斗知道沒有那麼簡單。不如說，這個觀念深深刻在了牠的身體及心靈上。因為即使牠投胎轉世，變大了好幾倍，依舊有完全敵不過的對手。

而且百狼的體型遠比北斗大，卻被牠反將了一軍，因此百狼也不得不承認。

『既然你這麼認為，我也不好多說什麼。不過，有件事我搞不懂。』

結束那場用來促使北斗進化的戰鬥，與天狼星一行人道別後，百狼仍在遠遠觀察北斗。

這是牠覺得北斗被梳毛的樣子很難看，偷聽天狼星他們的對話時產生的疑惑。

『你選擇與人類同在，為何不用人類的語言說話？』

以百狼的智慧，光聽人類的對話就能自然學會人語，除非是完全不踏進人類村落的乖僻個體。更遑論一直跟人類生活在一起。

然而，北斗只會跟家犬一樣用叫的，比較複雜的內容則由銀狼族姊弟翻譯給天狼星聽。

用叫的對百狼而言是比較省事沒錯，但能好好溝通應該更方便。

想跟人類一起生活，卻不使用人類的語言。

百狼指出北斗矛盾的行為，北斗慢慢轉頭望向天狼星他們紮營的位置。

牠煩惱了一會兒，最後下定決心，集中精神，確認天狼星他們沒有在偷聽後，開口說道。

『……因為，我是那位大人的狗。』

即使轉生成傳說中的百狼……

即使變得比主人更加強大、巨大……

北斗的心……靈魂，還是上輩子被主人飼養的狗。

前世的狗不可能跟人交談。所以北斗不會說話。

這僅僅是牠自己的堅持，不過對北斗來說，自己和主人的關係這樣就足夠，這樣就滿足了。

可是，這隻百狼不可能理解牠的想法，困惑地看著北斗。

『狗……？我聽說人類把狗當成家畜或玩具對待。』

『我的主人心胸沒有狹窄到會這樣想。』

『……難以理解。人類這種生物既貪婪，又容易做出愚蠢的行為喔。』

『我明白。』

北斗上輩子享盡了天壽，很清楚人類是什麼樣的生物。

人類忠於慾望，會面不改色地做出愚蠢的行為，容易隨波逐流。

但北斗知道，也有像主人那樣，擁有堅定信念及驕傲的人。

『關於你剛才的問題，我補充一下，就算我不會說話，主人也知道我在想什麼。

我從來沒有覺得不方便過。』

百狼帶著複雜的表情，注視年紀遠比自己小，卻擁有豁達想法及信念的北斗。

『你就這麼信賴人類嗎？不過……即使你現在不介意，總有一天會後悔喔？因為百狼和人類的壽命不同。』

『我明白。所以我想請教你，我……百狼的壽命有多長？這個情況應該是指成為精靈前的時間吧。』

『你的進化跟一般的百狼不同，無法得知正確時間，但可以確定遠遠超出人類。意即，你必須為人類送終喔？』

『……沒關係。』

『什麼？』

『我不介意。』

雖然因為沒能陪他到最後而感到不甘，上輩子的家犬時期能與主人一同度過，北斗很幸福。

在主人懷裡嚥下最後一口氣時，牠並未對死亡感到恐懼，放心地離開了。

正因如此……

『這次要輪到我為主人送行。之後的事之後再說。』

在那之前要全力扶持主人，為滿足地離世的主人送終。

主人的壽命迎來盡頭之時，應該也有小孩了。

守望他的孩子成長也好，視情況而定，與主人的妖精妻子一同踏上無拘無束的旅程或許也不錯。無論如何，顧慮著將來的絕望而忘記要活在當下，未免太可惜。

『總之你不必擔心。比起這個……』

百狼不理解牠也無所謂，北斗開口表明牠前來此處的真正目的。

『希望你多告訴我一些百狼的情報。我想變得更強。』

不只主人，牠還得保護主人身邊的人——他的妻子及夥伴……以及將來應該會誕生的主人的孩子。

理解自己，掌握強度是該做的事，更重要的是，主人無時無刻都在成長，只有自己在原地踏步，實在太窩囊了。

為了徹底發揮百狼的力量，北斗貪婪地吸收知識。

等北斗問完問題，跟百狼的訓練也告一段落時，已經過了將近兩小時。北斗認為再不回去，會害主人他們擔心，決定結束對話與百狼道別。

既然自己走上了跟這隻百狼不同的道路，今後牠們應該很難相見吧。

北斗懷著這搞不好會是最後一次見面的心情，轉過身去……百狼突然叫住了牠。

『對了。我有一事相求……』

聽見百狼的要求，北斗明顯面露嫌惡。

——天狼星——

「北斗，你回來了。」

「……嗷。」

過了兩小時左右，北斗回來了，看起來不太對勁。

牠散發出一種正在傷腦筋，有苦難言的複雜情緒。還以為牠肯定會和那隻百狼和好，獲得有意義的情報滿足地歸來，牠們吵架了嗎？

可是從牠身上看不出打鬥過的跡象，幸好牠平安無事。在我鬆了口氣的時候……那傢伙出現了。

『打擾了。』

隱約覺得不會再見到面的百狼，再度現身於我們面前。

這次牠沒有隱藏氣息，光明正大地出現，所以我馬上就察覺到了。牠究竟有何用意？

站在北斗旁邊的百狼無視納悶的我們，環視眾人，開口說道：

『不必那麼緊張。有件事想拜託你。』

「有事想拜託我嗎……？」

『不是什麼重要的事。在那之前，感謝你照顧這個半吊子。』

百狼邊說邊抬起左前腳，想要放到北斗頭上。

大概是想表達「我兒子給各位添麻煩了……」北斗卻以會留下殘像的速度往旁邊移動，閃了開來。

『…………』

「嗷嗚！」

百狼再度朝北斗的頭伸出前腳，北斗用同樣的動作閃開。

宛如機關槍的前腳，以及高速反覆橫跳的攻防戰，持續了一段時間。

「「「「…………」」」」

「北斗和大北斗都好快喔！」

面對這難以形容的畫面，我們該作何反應？

我心想「真羨慕卡蓮這麼天真無邪」，保持沉默，終於放棄的百狼若無其事地望向我。

『其實我有件事想拜託你。』

「……我該吐槽嗎？」

「放過人家啦。」

菲亞和莉絲在旁邊竊竊私語，我就效法她們，別提這個話題吧。

百狼開始說明牠的要求，我聽了忍不住發出錯愕的聲音。

「……咦？您認真的嗎？」

『認真的。你對這小子做的梳毛……這個行為，我也想體驗看看。』

「嗷！」

『你在說什麼？他並沒有那麼排斥。恐怕是不好意思碰到我。』

百狼給人一種威風莊嚴的感覺，真沒想到牠會要我幫忙梳毛。而且兩隻狼都往對自己有利的方向解釋，真的很像父子。

『我不會強人所難。只是這小子如此著迷於那個名為刷毛的行為，我很好奇它的魅力到底有多大。』

「是可以，如果不符合您的喜好，可別跟我抱怨喔。」

牠這麼大一隻，看來只能使用北斗專用的刷子。

我正想去拿不久前才收好的北斗專用刷……

「嗷嗚……」

「……抱歉。」

北斗哀傷地咬住我的袖子。雖說是迫於無奈，自己專用的刷子被拿來用，牠想必很不甘願。

　　我摸著北斗的頭告訴牠就這麼一次，好不容易說服牠，有點緊張地站到百狼前面。

　　這把刷子比一般的刷子大上將近一倍，眼前的百狼卻是北斗的好幾倍大，用在牠身上都嫌小了。而且牠這麼大隻，梳起來似乎會很花時間。

　　我做好覺悟，走到百狼的側面，莉絲和卡蓮各拿著一把刷子前來支援。

「卡蓮也要梳！」

「感覺會很累，我也來幫忙。」

「啊啊……我的刷子。」

「我的刷子……」

　　兩人手中的刷子，好像是艾米莉亞和雷烏斯專用的。

　　他們難過的原因跟北斗一樣，但使用對象是對銀狼族而言不可違背的百狼，反而要感到榮幸吧？我提出疑惑，兩人的回答是……

「這跟那是兩回事……！」

「那是我的刷子！」

　　對刷子的堅持，勝過了上下關係嗎？

　　說不定是因為兩姊弟常跟北斗相處，對百狼的敬意跟看法產生了一些變化。

　　於是，我的背部承受著北斗和兩姊弟哀怨的視線，異常緊張地動手梳毛。

「原來如此，不同的百狼，毛的質感也不同嗎？這個觸感也不賴。」

『唔……』

「嘿咻……這麼大一隻，光是梳腳就很累人呢。」

『哦……』

「呼嚕──」

由於天色已暗，卡蓮梳到一半就睡著了。竟然睡在之前就說想騎騎看的百狼背上，這孩子真狡猾。

「卡蓮睡著了，我來代替她。」

『……這個長翅膀的膽子還真大。』

菲亞將卡蓮從百狼背上抱下來，放到毯子上，代替她梳了一陣子，北斗突然開始對百狼吠叫。

「嗷！」

『已經足夠了？只梳完一半而已。人類啊，脖子附近麻煩你再梳一遍。』

「吼嚕嚕嚕……」

『你平常就在讓他梳毛不是嗎？噢，尾巴可以梳用力一點。』

北斗嫉妒成這樣還挺罕見的。

百狼要求很多，不會像北斗那樣搖尾巴或露出肚子，但牠似乎心情不錯，舒服得閉著眼睛，享受刷子的觸感。

北斗對百狼叫了一陣子表示抗議，過沒多久就背對這邊趴到地上，像在鬧脾氣似的。

『嗯……還不賴。難怪那個半吊子如此著迷。』

「您喜歡就好。由於刷子的尺寸不合，我還擔心能不能讓您滿意呢。」

『那麼，之後準備個更好的工具。有機會的話，或許會再來讓你梳毛。』

「嗷！」

這個瞬間，北斗衝到百狼前面吠叫，彷彿在說「這話我可不能當沒聽見」。

牠發自內心地怒吼，徹底進入放鬆狀態的百狼不耐煩地睜開一隻眼。

『吵死了。做決定的是這個人類，你給我安靜點。』

「啊——我也有自己的事要忙，無法跟您保證。不過，若您願意偶爾來幫北斗訓練一下，我可以考慮。」

『……我考慮看看。』

目前能跟北斗打得不分上下的，只有上龍種的首領和師父。重點在於，就算只能偶爾來一趟也沒關係，希望牠陪陪北斗，因為牠們是家人。

北斗明白了我的意圖，一臉無奈，心不甘情不願地閉上嘴巴。

辛苦卻是個珍貴經驗的梳毛時間結束時，百狼變得更不客氣了，又提出一個要求。

『人類製造的魔力是什麼味道？我也想嘗嘗。』

「今天我已經無法製造優質的魔力囉？」

『無妨。』

剛才我吃過飯也休息過，提供少許魔力不成問題。

我按照牠的要求，使用大約一半的魔力製造魔力球，扔向百狼口中……

「嗷！」

『什麼!?』

北斗突然從旁邊跳出來，一口吃掉那顆魔力球。

北斗宛如偷走起司的老鼠，偷了魔力就逃之夭夭。

『唔……太大意了！』

「嗷！」

『你這傢伙！看我把你的魔力一起吞掉！』

兩隻百狼的鬼抓人就此揭開序幕。

像一陣風般穿梭於樹木間，飛越群山的高等級鬼抓人，持續到我們準備睡覺的時候。

與疑似北斗生父的百狼分別，重新踏上旅程的我們，坐在馬車裡朝目的地聖多魯前進。

之前都沒遇到魔物果然是百狼的關係，百狼離開的同時，周圍就開始出現魔物的氣息。

順帶一提，能讓魔物遠離的，好像是只有百狼能釋放的獨特氣息，百狼離開前告訴我們，北斗應該遲早會習得這個技能。

由於製造空白地帶的原因離開了，我們遇到魔物的頻率大幅提升，不過……

「嗷！」

北斗一叫，大部分的魔物都會逃跑，這樣還敢靠近的魔物，在我們動手前就被北斗收拾掉了。

牠自己卸下繫在馬車上的挽具，衝出去迅速解決魔物再回來。看起來很忙，不過得到了新的力量，牠應該是想嘗試各種不同的戰鬥方式。我看到許多異於平常的動作。

北斗進化後，影響最大的應該是經常跟牠切磋的雷烏斯。

「不是吧!?那種動作——呃啊!?」

「嗷！」

北斗的動作明顯變得跟之前不一樣，雷烏斯比平常更早中招，倒在地上。

「看來雷烏斯之牆的高牆又變高了。」

「前幾天那孩子還說差不多習慣北斗先生的動作了，某種意義上來說或許正好？」

「是沒錯。好了，今天晚餐要做什麼呢？」

「蜂——」

「除了蜂蜜。」

「嗯！」

卡蓮不甘心自己的選項先被我排除，鼓起臉頰揮動雙手拍打我。她這麼暴力，我有點傷腦筋，不過這也證明了她對我信任到願意率直地表露心情，我滿高興的。

以卡蓮的力氣，被她打中也不會痛，但我為了讓她明白隨便亂攻擊一點意義都沒有，刻意單手將她的攻擊全部擋下。儘管有點幼稚，這也算是在為她上課。

我暫時任她胡鬧，等她冷靜下來後把手放在她頭上安撫她。

「乖啦，等等我做蜂蜜甜點給妳吃，先別鬧了。」

「真的!?一定要喔！」

「……我彷彿看到過去的雷烏斯。」

「雖然我沒資格講這種話，我覺得現在也差不多。」

「大家都想跟天狼星撒嬌呢。是說今天的配菜，我想吃清爽一點的。」

菲亞難得提出要求，因此我回想著食材的存量，思考菜色。

下一個目的地聖多魯也快到了，用掉一些便於保存的庫存，應該不成問題。

「麵粉還有剩對吧？」

「是的，我剛才檢查過，還有足夠的量。」

「要烤麵包嗎？」

「不，我想做麵條……做成義大利麵，煮義大利冷麵。」

菲亞要求的清爽料理就煮這道菜，再準備一道重口味的湯，讓大家自由取用吧。把義大利麵加進湯裡或許也不錯。

在我準備先來煮義大利麵的時候，雷烏斯和北斗的模擬戰即將落幕。

「啊啊啊啊啊——!?」

「嗷！」

我看著被北斗用前腳和尾巴當成球在空中拋的雷烏斯，開始揉麵糰。

時間平靜地流逝而去，與那隻百狼道別的數日後。

我們終於抵達聖多魯。

用無數的巨大石頭蓋成，象徵國家規模之大的壯觀城牆映入眼簾時，卡蓮為這前所未見的景色興奮得兩眼發光。

「哇……好厲害好厲害！比亞斯爺爺還大！不過，為什麼那麼大呀？難道裡面住著很多跟亞斯爺爺一樣大的人？」

「啊哈哈。只是為了保護國家才蓋得那麼大，不是因為人大啦。」

「可以理解卡蓮的心情。我也從來沒看過這麼大的城牆。」

「要大聲喧譁是可以，但周圍的人開始變多了，稍微控制一下音量。卡蓮也要記得把翅膀收起來喲。」

「好——」

我摸著對於城裡有什麼東西感到興味盎然的卡蓮的頭，駕駛馬車前進，來到做為國家入口的城門前，一名人族門衛叫住我們做入國審查。

「喔、喔喔……是冒險者啊。竟然在這個時期來。」

或許是北斗引起了他的戒心，門衛對我們投以銳利的目光，不過他沒有深究就讓我們進城了。

「那些人看到北斗先生，也沒有太驚訝耶。」

「畢竟這個國家很大，搞不好類似的生物常來。」

穿過看不見頂端的高大城牆的城門，眼前是往前方延伸的整齊道路，以及遼闊的草原。

卡蓮以為已經進到城裡了，一臉疑惑，我望向道路前方，看見另一道城牆。

「咦？沒有房子也沒有人，對面又有一面好大的牆壁耶？」

「離這麼遠看起來還如此巨大……那道城牆也相當壯觀呢。那就是所謂的第二城牆嗎？」

「大哥，我們真的到聖多魯了嗎？」

「嗯，雖然還看不見街景，這裡確實是聖多魯的國土。」

聖多魯。

人稱世界第一大國，別名鐵壁都市。

以城市為中心蓋了好幾道巨大城牆保護國家，因而得名。聖多魯共有五道跟我們住過的艾琉席恩的城牆一樣……不，是比那更高的城牆。

順帶一提，我們剛才通過的是第一道城牆，再通過三道城牆，好像就會抵達聖多魯的城下町。

「哦……有五道城牆啊。我知道這是為了加強防備啦，不過有必要做到這個地步嗎？」

「嗯，這麼多城牆維護起來也很花錢，我覺得有兩道就夠了。」

「你們會有這個疑問很正常，可是這個國家有不得不加固防線的理由。」

我們所在的休普涅大陸的北方，波濤洶湧的大海對面，似乎有一塊廣大的大陸。

那裡是不搭乘大型船就無法接近的未開發地區……

「那塊大陸棲息著大量的魔物，完全不是人類可以居住的地方。」

「我也略有耳聞。那裡只有魔物，所以又叫做魔大陸。」

「聖多魯離那塊魔大陸很近，需要設置好幾道城牆抵禦魔物入侵……的意思嗎？」

「就算這樣也太誇張了吧？既然連坐船都沒辦法輕易渡海，魔物應該也不能隨隨便便就跑過來。」

「通常是這樣沒錯，但這一帶每隔數年會發生一次將休普涅大陸和魔大陸連接在一起的自然現象。」

周圍的海水水位大幅下降，海底較淺的部分也會隆起，原因不明。

如此便會形成一塊淺灘，雖然難以稱之為道路，途中也有無路可走的部分，魔物要通過倒是不成問題。

「那條路出現後，魔大陸的魔物便會蜂擁而至。牠們移動到這邊的理由不明，或許是對魔物來說，這個地方比較適合居住。」

「蜂擁而至……是什麼意思？」

「會有很多魔物跑過來的意思。看這裡的守備如此森嚴，數量八成不少。」

聽說連接兩塊大陸的現象會持續數日，即使隆起的道路沉回海底，戰鬥仍會持續到將剩下的魔物驅逐殆盡。

因此聖多魯的戰力非常高，國王無時無刻都在召集強者或有才能的人。

「其中特別優秀的人，會由國王授予別名。其實萊奧爾爺爺也是其中之一，剛劍這個外號的起源，好像就是這裡。」

得到別名的萊奧爾就此定居在聖多魯城工作，但他本人好像完全沒有這個意思，只把那裡當成供吃供住的地方。

他姑且會幫忙處理國家請他打倒的魔物，或者教人劍術，當成每天的餐費，不過基本上都是自由行動。八成是國家覺得讓人知道「剛劍在為這個國家做事」即可，只要他待在這裡就別無所求。

然而某一天，爺爺想培育成自己的勁敵而一手栽培大的弟子們，被傲慢的貴族殺掉，他為此感到絕望，因而離開聖多魯。

「政府大概是害怕被人說成放走最強劍士的無能，對外宣稱爺爺隱居起來了。」

「什麼鬼？國家騙人嗎？」

「一個國家住了這麼多居民，有時候講真話反而會造成負面影響。總之在聖多魯要謹慎行事。」

人一多就會產生照不到陽光的地方，而身分越高，黑暗面就會越深。

因此最好盡量別跟這種國家的王族或貴族扯上關係，可是我們來到聖多魯的理由並非觀光，而是要見參加國際會議的莉絲的家人。

如果不只艾琉席恩的國王，莉絲的姊姊莉菲爾公主也有到場，她應該會發現我們，主動過來接觸。他們很可能透過亞比特雷的國王獸王，得知我們來到聖多魯了。

我將自己的想法告知其他人，發現莉絲在往城裡的方向看，面帶笑容。

「妳看起來很高興。」

「嗯，我知道要小心點，但我很久沒見到姊姊和爸爸了嘛。」

「莉絲姊姊的爸爸跟姊姊，在那座城市嗎？」

「姊姊不知道在不在。雖然偶爾會失去理智，她非常溫柔，是我可靠的家人。卡蓮一定也會喜歡她。」

我們已經超過一年沒見。

應該有很多話想說，若能順利重逢，除了介紹菲亞和卡蓮給他們認識外，我還想悠閒地聊聊彼此的近況。

「他們倆看到菲亞小姐和卡蓮，想必會大吃一驚，不過還有更重要的事要告知呢。」

「啊……嗯。姊姊應該會為我高興，爸爸的反應我倒有點擔心。」

她所說的重要的事，大概是莉絲嫁給我了。

莉絲很害羞的樣子，煩惱著該如何向家人說明，旁邊的菲亞也雙臂環胸陷入苦思。

「莉絲的姊姊嗎……既然大家都成了天狼星的妻子，那個人也可以說是我的姊姊呢。可以的話，我想好好跟她打個招呼。」

「以年紀來說，菲亞姊才是姊姊吧？因為妳超過三百歲——」

「嗯，這個等見面後再想好了。還有雷烏斯，我只有兩百多歲而已，再說，不可以隨便跟女性聊到年齡喔。」

「咦……喔啊啊啊啊啊——!?」

菲亞用魔法讓不小心說錯話的雷烏斯飄到眼睛的高度，上下左右飛來飛去。

雷烏斯在空中瘋狂旋轉，有如上輩子的無重力訓練……

「菲亞姊！這個感覺可以用來訓練，再快一點也沒關係！」

「……這孩子變得很耐操呢。」

雷烏斯怎麼看都在被大家當成玩具，跟北斗的模擬戰也是這樣，本人卻沒有任何不滿，試圖以此為糧。也罷……有上進心是好事。

看到在各種意義上有所成長的雷烏斯，卡蓮用力拍動翅膀，拉扯菲亞的衣袖。

「只有雷烏斯哥哥玩不公平！卡蓮也要！」

「妳也想玩嗎？是可以，不舒服要馬上跟我說喔？」

「嗯！」

「小孩子都好喜歡轉來轉去。」

「是的，父親以前也陪我玩過。」

兩人說的大概是雙手牽在一起，原地轉圈的遊戲。那可以享受變化多端的景色，以及風吹在身上的感覺，菲亞這個則比較接近遊樂設施。

我們置身於青年與少女在空中旋轉的奇怪畫面中，留意著周圍的情況走在街道上。

第二道城牆離得不算遠，但從我們剛才通過的第三道城牆開始，離下一道城牆的距離就大幅拉長。

坐馬車也得花上數小時，不過一看見眼前的風景，我就知道原因了。

「喔喔……好大。」

「亞比特雷也一樣，可是這裡感覺更大呢。」

「咦，這些通通是田地嗎!?」

沿著街道步行，越過一座小山丘後，眼前是一整片田地。定睛凝視可以看見疑似農民住處的民宅分散於各處，遠方是第四道城牆。

「跟家裡的田地完全不一樣！」

「畢竟這邊的田地要提供全國居民的糧食，和妳住的村子不同。不這麼大會供不應求吧。」

「難怪離下一個城門那麼遠。」

弟子們看著遼闊的田地點點頭，一副解開疑惑的模樣，不過隔這麼遠似乎還有其他理由。

魔大陸的魔物固然也很危險，但國土一大，人與人的爭執……侵略者也會出現。目前鮮少有國家之間的糾紛，可是以前好像還滿常發生的。

這一帶的土地異常遼闊的原因，恐怕是考慮到敵人突破第一、第二道城牆時，軍隊比較方便在這裡列隊。仔細觀察就看得出有幾個容易布陣的地方。

除此之外還有幾個便於抵禦敵軍襲擊的小巧思，創立聖多魯的祖先似乎拚了命地在開拓這塊土地。

「繼承其意志的國家嗎……與之為敵應該挺難纏的。」

「天狼星少爺，怎麼了嗎？」

「沒事，我在自言自語。趕快前進吧。」

「是！呵呵呵……」

我摸著微微歪頭的艾米莉亞的頭，跟大家一起走在貫穿廣大田地中心的街道上。

過沒多久，總算來到了城門前，那裡卻擠滿人潮，準備進城的人大排長龍。

排隊的大多是跟我們一樣的冒險者或商人，卡蓮發現一個團體，拉著我的袖子問：

「那裡有好大的馬車。還有好大的籠子！」

「應該是雜技團之類的。展示罕見的魔物，表演技藝給觀眾看，藉此賺錢的人。」

「魔物會表演嗎？卡蓮想看！」

「嗯……對啊。有空去看看吧。」

「好！」

我們面前就有隻豈止罕見，光坐在那邊就能賺錢的百狼北斗……但我沒有多說什麼。

我猜想正是因為有那種雜技團出入，北斗才不會引起懷疑，這時菲亞看到隊伍的最後方，傻眼地嘀咕道：

「雖然我多少有預料到，人數還真多。」

「大哥，人是不是比我們之前去的舉辦鬥武祭的城市更多啊？」

「這座國家本來就有很多人會來，現在又快要舉辦國際會議，或許是因為這樣吧。」

國際會議是各國要人齊聚一堂的重要會議。
再加上路上有可能遇到危險，來到主辦國家的國王和女王們，會率領大量的士兵前來。
來了一堆外國士兵，對商人而言正是賺錢的好機會，冒險者除了增廣見聞外，還能搜集他國的情報。
除此之外，以前好像還有過微服出巡，到城裡散步的外國國王挖角實力堅強的冒險者擔任近衛。這個例子比較少見就是了。
像這樣向王族推銷自己的機會也會增加，所以舉辦國際會議的時期會吸引一堆人前來。
「有這麼多人，代表魔大陸的現象暫時不會發生囉？」
「對，那個現象好像叫做『氾濫』，數年前才發生過。下次要等一段時間才會發生的樣子。」
詳情我不清楚，好像是我們在艾琉席恩念書的時候發生的。
當時出現的魔物，數量將近一個國家的軍隊，事後獲賜別名的英雄們大顯身手，輕易將牠們擊退，災情也不嚴重，國民似乎大為振奮。
但我沒有探聽到那幾位英雄的情報，如果有時間，我打算在當地調查看看。
「聽說其中一位英雄是人稱剛劍再世的劍士。」

「跟萊奧爾爺爺一樣強⁉」

「那只是傳聞不是嗎？真實性有待商榷，雖然我沒看過剛劍本人。」

「不管怎樣，代表那個人強到會被人那樣稱呼吧？感覺可以當成跟萊奧爾爺爺對打的預演，如果遇見他，我想跟他打一場。」

老實說，若那人跟剛劍一樣強，我也有興趣。

但傳聞終究只是傳聞，很可能是想填補剛劍的空缺，故意誇大其詞，或許最好不要太期待。

更多的情報，八成得在城裡才打聽得到，然而……

「隊伍一直沒有前進。」

「最壞的情況，今天說不定得放棄進城，在外露宿。」

「天狼星少爺，那個地方從剛剛吵到現在，城門處好像發生了什麼狀況。」

「最好搜集一下情報嗎？不好意思，打擾一下。」

「嗯？幹麼——唔喔⁉」

我排到隊伍的最後方，跟前面疑似商人的男性搭話，中年男子不耐煩地轉過頭，看到北斗嚇得驚呼。

這種反應司空見慣，所以我先跟對方說明北斗是我的從魔，讓他冷靜下來後，再次詢問現在是什麼狀況。

「喔，隊伍前進得慢很正常。一堆人在抱怨進城要繳交的費用太高。」

「只要能提供身分證明，不就能免費通過了嗎？」

「聖多魯不一樣，會收錢當成城牆的維護費用。不過金額並不高，若能保障安全，我是覺得無所謂……」

平常的費用是數枚鐵幣，現在因為國際會議需要加強警戒的關係，調高了費用。怎麼想都很不講理，可是進城的人愈多，警備人員的負擔及成本也會增加，政府或許也是無可奈何。

「所以在那邊抱怨的傢伙，八成不是小氣就是沒錢。」

「大叔你不介意嗎？」

「支出增加是滿心痛的，可是在聖多魯能賺到比那更多的錢。總之我只希望入國審查快點結束。」

「看這情況，晚上……不對，今天能不能進城都不好說。」

「這樣還是會願意等才叫商人。你們看起來是冒險者對吧？如果你們不趕時間，那邊有地方可以過夜。」

男商人指向城門不遠處……貼著城牆建造的幾棟建築物。

遠遠看來，每棟房子都做工簡陋，蓋在象徵世界第一大國的宏偉城牆旁邊不太相襯。

「我剛剛就在想，那到底是什麼？」

「看起來像小規模的村莊，跟我們在路上看到的農民住的房子不同對吧？」

「那是在聖多魯住不下去的人，或者被趕出去的人聚集在一起形成的部落。」

看來是在大部分的城市都有的貧民窟。而且不在城內，而是在城外，可能有什麼複雜的原因。

「政府為什麼沒有處理？在意外觀的貴族感覺就會有意見。」

「就算把那些人趕走，他們很快就會跑回來，每次都要派士兵趕人也很麻煩。而且那種地方也有不少人需要。」

裡面還有娼婦眾多的店家，經常有貴族會去偷偷發洩慾望。

除此之外，魔物接近到這個地方時，住在那裡的人還能用來當誘餌……男子小聲告訴我，政府之所以放著那裡不管，搞不好還有這個原因。因為有其必要性，即使會破壞市容，還是選擇置之不理嗎？

「不只娼館，還有像現在的你們這種冒險者或商人能住的旅舍。儘管稱不上治安好，總比露宿郊外舒服。」

「是啊，反正我們不趕時間，去看看好了。」

我轉頭跟其他人確認，他們沒有意見。

於是，我們決定移動到那個部落，順便跟這男人多問一些好了。從剛才的對話可以得知，這名男子很瞭解聖多魯，大概是來過不少次。

男子提供了我不惜付錢也想知道的情報，我覺得不太對勁，暫時打斷他說話。

「謝謝你告訴我們這麼多，你還真會聊。」

「因為我很閒……再加上你們不僅帶著這麼威風的從魔，還有妖精同行。打好關係不會有壞處。」

「……真的嗎？」

「嗷！」

「啊，沒有啦……那個，要是惹到你，那隻從魔很恐怖。」

「真誠實。」

「通常都是這樣啦。」

看來不知不覺變成我在威脅人了。

我在覺得愧疚的同時，又打聽到幾個有用的情報，便多給了他一些銅幣當成情報費。

「嘿嘿，我不討厭懂這種規矩的人。喂，你們打算明天進城對吧？我暫時會在城裡做生意，看到我就來露個臉吧。算你們便宜點。」

男子笑著表示北斗固然可怕，卻是個珍貴的經驗。我們和他道別後，離開隊伍前往貧民窟。

馬車沿著城牆行駛，從剛剛到現在都沒說話的卡蓮，向在馬車裡保養劍的雷烏斯提問。

「欸，雷烏斯哥哥。剛才叔叔說的『娼婦』是什麼？」

「咦!?那、那是……大哥！」

尷尬的問題令雷烏斯馬上舉白旗投降，望向我求救。

這個問題對雷烏斯來說應該很難回答，我也很煩惱該怎麼辦。照實跟小孩子說明不太好，因此我思考著有沒有比較好的說明方式，聽見這段對話的女性組代替我們回答：

「這個嘛，娼婦是女性能做的工作之一。」

「是工作呀？卡蓮也能做嗎？」

「咦!?呃……妳不知道那是什麼工作，還想要做嗎？」

「難道卡蓮想試著工作？」

「嗯，卡蓮要賺很多錢，跟大家一起去吃飯，然後由卡蓮付錢！冒險者也要做這種事吧？」

她年紀輕輕，就開始思考冒險者的生活方式了。

卡蓮的父親留下的書上，確實寫著要回報照顧過自己的人才符合禮節……她應該是想對我們報恩。

我非常高興她有這個心，可是讓人用賣春賺到的錢請客，感覺非常複雜。

「卡蓮，要不要用其他方法賺錢？」

「對呀，冒險者去公會賺錢最適合。」

「雖然妳現在還不能登記，進城後一起去看看吧。」

「公會!?要去！」

幸好她原本就對公會有興趣，我們成功轉移卡蓮的注意力，但這孩子在疑問尚未得到解答的狀態下，可能會擅自行動，最好多補充幾句。

「卡蓮，等妳長大一點，我再仔細跟妳說明娼婦是什麼，現在先記住那是一種工作吧。還有，不可以在別人面前說妳想做娼婦賺錢喔？」

「為什麼？」

「這也是等妳長大就會知道的事。不需要因為不知道就耿耿於懷，城裡還有很多妳沒看過的東西。」

「真的嗎！那卡蓮會乖乖等！」

我當然不打算讓卡蓮做那種工作。然而，如果我們之後還會繼續旅行，增廣見聞，她遲早得接觸那種世界。

人類的村落接近，卡蓮高興地拍動藏在衣服底下的翅膀，我輕輕撫摸她的頭。

「嘿嘿……」

「呵呵呵……」

「嗷嗚……」

順便摸了下靠過來叫我摸頭的艾米莉亞和北斗。

馬車繼續行駛，我們來到貧民窟——不，以這個大小來說，應該稱之為部落。那裡用只能當成分界線的小型柵欄圍住，建築物全是簡陋的木屋，走近一看就會發現事實並非如此。

我們穿過連守衛都沒有的部落入口，發現好幾棟非常高級的民宅林立於中心。有以旅館來說異常豪華的巨大建築物，以及數名穿著性感的女性，難怪貴族會偷偷跑過來。順帶一提，裡面有人穿得相當暴露，所以菲亞遮住了卡蓮的眼睛。

不曉得除去一部分的地區外，他們為何要讓這個村落看起來那麼破爛，但我有件更好奇的事。

「大哥，我們來了，其他人卻這麼乖，不覺得很稀奇嗎？」

「確實，這種地方照理說會有人被菲亞和北斗吸引過來……」

「菲亞姊姊很漂亮，這是當然的！」

「哎呀，謝謝妳。」

「所以希望妳把手拿開。卡蓮什麼都看不見！」

「拿妳沒辦法。這樣行嗎？」

「…………北斗，把尾巴拿開！」

周圍的氣氛使我們自然而然提高警戒，某些人好像缺乏緊張感就是了。

我望向建築物的陰影處，看見數名疑似流浪漢的人……情況卻不太對勁。

遠離城市、遭到隔離的場所，居民大多面色疲憊，看到能拿去賣錢的菲亞和北斗，眼睛會立刻發亮，這個村落的人卻異常安分。

是因為害怕北斗嗎？不對，這或許也占了一部分的因素，可是從他們眼睛的動作來看……

「……那些人好像在觀察我們。」

「是在找機會襲擊我們嗎？」

「不，感覺不是。不主動挑起事端就不必擔心，但還是不要大意。」

根據我的直覺，這些人由優秀的首領統治著，不是一般的流浪漢。

感覺像地下組織，卻沒有任何殺氣，只是覺得稀奇，在觀察我們。

雙方沒有敵對的理由，他們也沒有要動手的跡象，只要不引起騷動，應該會把我們當成平凡的冒險者對待。

「不惹事就行對吧。那就跟平常一樣囉。」

「我覺得我們的平常跟其他人的標準不一樣耶。」

「又不是一天兩天的事。簡單地說，自由行動就好。」

「我的平常就是待在天狼星少爺身邊。」

我聽著女性組的對話，走在路上尋找旅館，北斗突然朝某個方向停下腳步。

我和兩姊弟慢了半拍察覺到原因，莉絲、菲亞和卡蓮則一頭霧水。

「怎麼了？北斗累了？」

「這點距離不可能累到北斗，是有敵人在靠近嗎？」

「可是精靈沒在警戒，至少不會有危險……」

精靈對敵意很敏銳，其他時候卻不太會有反應。

意即靠近她們時能不被看得見精靈的兩人發現的，不是認識的人就是抱持善意的人。然而這次的情況，菲亞和卡蓮認不出來也不意外。

「這股味道……不會有錯。」

「莉絲，妳看那邊就知道了。」

經艾米莉亞這麼一說，莉絲回過頭，一名身穿遮住全身的長袍的女性，正在走向這邊。

對方用長袍附的兜帽遮住臉，依然看得出是女性，是因為即使穿著長袍，她的女性特徵還是很明顯。

怎麼看都是個可疑人物，不過無須警戒。尤其是莉絲。

「……您長大了呢。」

「咦？」

走到面前的女性脫下兜帽，莉絲露出燦爛的笑容抱住她。

她會這麼高興很正常。因為……

「賽妮亞！」

「是的，好久不見。」

出現在我們面前的，是莉絲的姊姊莉菲爾公主的隨從——賽妮亞。

賽妮亞是有著兔耳和兔尾的兔族女性，不只擔任隨從，也很擅長戰鬥及隱密行動，對莉絲而言是另一個姊姊。

賽妮亞也把莉絲當成真正的妹妹看待，愛憐地回擁抱在她身上的莉絲。

「啊啊……我感覺得出來。這個觸感，一段時間沒見，您就長這麼大了。」

「討厭！都過一年以上了，這也是當然的吧？」

「說得也是。看到現在的您，莉菲爾殿下一定會非常高興。」

兩人緊緊相擁，不久後，賽妮亞想起我們的存在，依依不捨地放開莉絲，面向這邊行了漂亮的一禮。

「不好意思，我興奮過頭，有點失態了。各位，好久不見。」

「賽妮亞小姐也好久不見，看到您這麼有精神，真是太好了。」

「好久不見，賽妮亞小姐！」

「嗷！」

跟我們打完招呼後，賽妮亞望向初次見面的菲亞和卡蓮。

「有新成員呢，莫非她就是？」

「對，我在信上提過的莎米菲亞小姐。然後，這孩子是最近加入的……」

本想接著介紹卡蓮，她卻躲在菲亞背後，露出半張臉偷看，大概是有點戒備陌生人。

這個畫面挺溫馨的，但還是要跟人家好好打招呼。在我開口之前，賽妮亞微微彎下腰，看著卡蓮的眼睛對她微笑。

「呵呵，這位小姐真可愛。我想到小時候的莉菲爾殿下。」

「基於一些原因，她的母親將她託負給我們，現在已經是我們的同伴了。乖，不用怕這個人……出來好嗎？」

「……嗯。」

在莉絲的催促下，卡蓮緊張地走出來，站到賽妮亞前面一鞠躬。

「初、初次見面。我叫卡蓮。」

儘管有點僵硬，是一句對方可以明確接收到她的心意的問候語。

負責教育她的艾米莉亞在我旁邊滿意地點頭，賽妮亞說著「接下來輪到我了」，站起身。

「我是侍奉莉菲爾殿下的隨從，賽妮亞。莎米菲亞小姐、卡蓮小姐，以後請多指教。」

「嗯，多指教。但我不是妳的主人，不用對我講敬語喔？」

「不行，豈能對莉絲殿下的朋友失禮。」

「卡蓮小姐？卡蓮是偉大的人嗎？」

「不是。」

卡蓮開始產生奇怪的誤會，在我糾正她時，賽妮亞環視周遭，壓低音量說道：

「我很想跟各位多聊幾句，可是這裡太引人注目了，要不要換個地方？」

「對呀，找個能坐下來好好聊天的地方吧。」

「那我們去找旅館吧。本來就是為此而來的。」

「這裡有安全的旅館可以停馬車嗎？我們對附近的治安還不是很瞭解。」

「包在我身上。我知道一家不只安全，還願意給人一點方便的旅館。」

賽妮亞信心十足地回答，我們在她的帶領下，來到部落裡其中一間較大的建築物。

然而，這家旅館的外觀實在稱不上好看，也沒看到其他客人，我完全不覺得這裡的生意會好。

賽妮亞將偷偷心想「真的沒問題嗎」的我們晾在一旁，果斷踏進旅館，跟櫃檯人員訂好房間，辦完寄放馬車的手續，甚至徵得讓北斗進入旅館的許可。

雖然有可能是因為她跟老闆認識，見識到賽妮亞轉眼間處理好一切的辦事效率，菲亞低聲讚嘆：

「哦……真會做事。不愧是公主的隨從。」

「我還有得學呢。得更加精進才行……」

「賽妮亞是姊姊的隨從，當然很厲害囉。」

「…………」

莉絲樂得跟自己受到稱讚一樣，如她所說，賽妮亞身為莉菲爾公主這位公務繁忙的王族的隨從，可謂事事精通。

然而剛才的辦事速度與能力無關，是因為她來過這裡好幾次，對這附近很熟，動作才這麼俐落。她不可能企圖陷害那麼疼愛的莉絲，不過重逢時就浮現於我心中的疑惑，變得更加強烈了。

平常我們都會要兩間房間，男女分開來睡，這次則因為賽妮亞的提案，要了一間住得下所有人的大房間。

在還不熟悉的地方住不同房令人不安，賽妮亞好像也有事要說，因此我沒有反對。

光看建築物的外觀，頂多比露宿郊外來得好，房間的裝潢卻比想像中更高級，住起來相當舒適。

「這房間還不賴。」

「床好軟喔！可惜沒有北斗軟。」

「不能跟北斗先生比啦。是說能睡在北斗先生身上的，也只有妳和大哥了。」

「嗷！」

「不只是床，其他家具也挺不錯的。外觀明明那麼簡陋，裝潢卻沒有偷工減料，真是家神奇的旅館。」

「雖然有點小，還有廚房呢。我馬上來用用看。」

在大家自由活動的期間，賽妮亞走近門口及窗戶戒備著。瞧她的耳朵不停抖動，八成是要講不太想被別人聽見的事。

我對坐在房間角落的北斗使了個眼色，發動「探查」，目前房間周圍似乎沒有人在偷聽。

「嗷！」

「……我的魔法沒偵測到附近有可疑人士。」

「謝謝您。有天狼星先生和北斗先生幫忙檢查，我就放心了。」

「您要講的事不方便被其他人聽見嗎？我倒是挺想知道，您為何出現在這種地方。」

面對我像在質問她的視線，莉絲也發現了什麼。她擔心地看著賽妮亞，握住她的手。

「說得也是……既然是來參加國際會議的，姊姊他們應該在聖多魯城才對。再說，妳沒待在姊姊身邊還真難得。」

「那是因為……」

「莉絲，冷靜點。給人家造成困擾了。」

我想到她被莉菲爾公主解僱的些微可能性，不過從她剛才的反應來看，似乎並非如此。

從暗地幫助主人的賽妮亞的作風來看，我大概猜得她為何會造訪類似貧民窟的場所，但我想先聽她本人解釋。

「她或許有難言之隱。先聽她說吧。」

「您猜得沒錯。我來這邊是有原因的，可是現在不方便說明詳情。」

「身為王族的隨從，有時應該會收到特別命令。是我們不能知道的情報囉？」

「是的，我也不想瞞著各位……對不起。」

賽妮亞非常沮喪，大概是不想對我們有所隱瞞……特別是莉絲。莉絲和卡蓮開始安慰她。

「妳不必道歉。這是為了姊姊吧？」

「莉絲殿下……」

「要吃蜂蜜嗎？能打起精神喔？」

心愛的妹妹和小孩子的鼓勵，讓賽妮亞馬上振作起來，滿足地笑了。

「謝謝，兩位的關心比任何良藥都有效。」

「這個總可以問吧？姊姊和爸爸過得好嗎？」

「是的，他們非常有活力，雖然有點忙。兩位每天都在說想快點見到您。」

「那……之後見得到面吧？」

「當然，只是可能沒辦法馬上見面。」

莉絲是卡帝亞斯國王的女兒這件事並未公開，最好不要把我們叫進城堡。要見面的話……八成得私下來，但這裡是環境不同的外國，無法立刻見面。

「我有必須要做的事，天亮才會回到莉菲爾殿下身邊。跟莉菲爾殿下報告完，考慮到還得做各種準備，大概得等到明晚之後才能和殿下見面。」

「那個……為什麼要那麼遺憾？明天晚上也夠快了呀？」

「因為他們很想見莉絲吧？」

「以莉菲姊和卡帝亞斯先生的個性來看，不意外。」

我不清楚國際會議的詳細內容，各大陸的王族齊聚一堂，想必十分忙碌，他們應該無法擅自離開城堡。

莉菲爾公主卻在得知情報的當天就說要找時間見面，某種意義上來說，真是恐怖的愛。身為知道她的個性的人，或許該覺得她沒有拋下政務來見莉絲就不錯了。

家人的愛令莉絲神情複雜，這時艾米莉亞準備了紅茶和餅乾，我們便配著茶點繼續交談。

「總而言之，明天以後才能見到莉菲姊他們就對了。我們不能踏進城堡，在市內的旅館等就行了嗎？」

「不，預計在這間旅館會合。我建議各位住這裡，也是為了這個。」

賽妮亞說，這間旅館乍看之下很冷清，只要說出在地下社會打滾的人知道的暗號，老闆就會提供保密用的房間……也就是我們現在住的房間。

住在聖多魯的非法之徒或王族，會偷偷在這間房間見面，有的貴族則會帶不方便讓其他人知道的女人進來做各種事，用途五花八門。因此暗號只有特定人士知道，賽妮亞為何會知道也令人在意。

「難怪房間裡有那麼多高級的家具。」

「賽妮亞小姐給了老闆幾枚金幣，那是所謂的封口費嗎？」

「沒錯，來到這個國家後，我調查了許多地方，最可信的就是這家旅館。想私下跟莉菲爾殿下見面，這裡最為合適。」

萬一其他人知道我們認識王族，可能會被心懷不軌的人盯上。為了避免這種事發生，她才選了隱密性高的地方……

「可以理解要保密，不過跟莉絲姊見面，需要這麼躲躲藏藏嗎？」

「就是因為姊姊覺得有必要，才會這麼做吧？」

「是的，不好意思，擅自幫各位決定，但這是必要措施。還有一件事想麻煩各位，在莉菲爾殿下抽得出時間過來前，請盡量不要離開這一帶。」

「意思是不只城堡，我們連聖多魯的城下町都盡量不要靠近嗎？」

「因為市內有危險？」

「雖然人很多，還不至於到危險的地步。只是小心點不會有壞處。」

我們不方便進入市內的理由啊……

根據事前搜集到的情報，我腦中浮現各種推測，既然能讓那個聰明的莉菲爾公主做到這個地步，應該是有可能對莉絲造成危害。

看來最好聽從她的忠告，乖乖答應。

「我明白了。在接到通知前，我們不會進城。」

「這樣好嗎？你不是很期待到這邊觀光？」

「我來這個地方不只是為了找旅館，也是想搜集聖多魯的情報，所以在莉菲爾殿下來之前，先去搜集情報吧。」

到頭來，問題在於情報不足。

賽妮亞對我要做的事沒有任何意見，看來只要不進城就行。

假如在搜集完情報後，發現這個國家真的不宜久待，說不定該考慮馬上離開。

在我思考之時，卡蓮從途中開始就被餅乾吸引住，八成是這個話題對小孩子而言稍嫌艱澀。

看見她滿嘴都是蜂蜜做的餅乾，莉絲笑著拿出手帕幫卡蓮擦拭嘴角。

「瞧妳吃得餅乾都沾到臉上了。不要動。」

「嗯……謝謝。」

「呵呵，莉絲殿下已經有要當母親的自覺了。賽妮亞為您的成長感到喜悅。」

「妳、妳在說什麼呀!?什麼當母親……才不是……」

「那還真可惜。我還猜測您是不是已經懷了天狼星先生的孩子，看來是我太急了。」

「真的很急！我確實嫁給他了沒錯啦——啊!?」

賽妮亞是這種個性嗎？或許是因為能再見到莉絲，她樂得興奮過頭了。

透過這段對話……不如說是當事人自己說溜嘴，賽妮亞知道莉絲成了我的妻子，我便向她報告詳情，賽妮亞笑容滿面地抱緊莉絲。

「莉絲殿下的夢想終於實現了。恭喜您！」

「嗯、嗯……謝謝妳，賽妮亞。那個……請妳先對姊姊……」

「我知道。這件事該由您親自告訴她。」

得到賽妮亞的祝福，我鬆了口氣。雖然我本來就不覺得會有問題。該擔心的是莉絲的家人，賽妮亞斷言莉菲爾公主肯定會給予祝福，所以我的心情輕鬆了些。

最大的強敵是莉絲的父親卡帝亞斯。

起初他對女兒始終冷漠以待，現在則是徹頭徹尾的笨爸爸。他有可能在得知這件事的瞬間就拿出全力砍過來，我得提高戒心。

賽妮亞要告訴我們的似乎都講完了，她因為還有事要辦，知會我們一聲就準備走出房間，卻被雷烏斯叫住。

「欸，賽妮亞小姐。剛才妳說莉絲姊的夢想實現了，她的夢想是什麼？」

「遇到優秀的男性，跟他結婚。這是我剛認識莉絲殿下的時候，她跟我說的。」

「喂、喂!?好了啦！別講以前的事了，妳快走！」

「何必那麼害羞，這個夢想很棒呀。兩眼發光，說著她想成為像母親那樣的賢妻的莉絲殿下，是如此惹人憐愛……」

講到一半，賽妮亞就被莉絲強行推出房間。

留在房裡的莉絲羞紅了臉，我覺得這副模樣很可愛，把手放到她頭上，以傳達自己的想法。

之後，我們在房間吃完旅館提供的晚餐，來到部落的酒館。

一堆人一起去可能會被纏上，所以我只帶了雷烏斯和菲亞來。順帶一提，帶著肯定會引人注目的菲亞，是因為她想喝酒。

儘管覺得房間裡只有女性和小孩不太好，北斗也留在那邊，所以不可能有意外。

於是，我毫不顧忌地著手搜集情報……

「奇怪的謠言？沒聽說過，要是有還會來這裡嗎？」

「市內的居民說接下來要統治聖多魯的王子是很棒的人。也是啦，畢竟就是那個王子找到在上一次氾濫大顯身手的英雄們。」

「被譽為英雄的人共有三個。聽說他們一個叫什麼神的眼睛，一個叫天王劍，擁有威風的外號，只有最後一個人的外號沒人知道。」

我一下加入在酒館作客的冒險者和商人的對話，一下請他們喝酒，詢問各種跟聖多魯有關的資訊，卻沒得到多少有用的情報。

唯一知道的是，聖多魯好像跟賽妮亞說的一樣和平，進到城裡也不會有問題。她卻叫我們不要進城，到底為什麼？

我懷著疑惑，去了好幾桌搜集完情報後，回到在酒館吧檯跟店長和其他客人問話的菲亞和雷烏斯身邊。

「大哥，如何？」

「有什麼收穫嗎？」

「沒有特別值得留意的情報。你們……看來不用問了。」

「嗯，我們也沒問到有用的情報。店長，可以請你幫他上酒跟小菜嗎？這道下酒菜和這種酒很搭，你嘗嘗。」

「這肉乾挺好吃的，大哥也吃吃看吧。」

我們逐漸引來其他人的注意，大概是因為拿果乾配紅酒享用的妖精，以及背著大劍的銀狼族掃光一盤又一盤肉乾的模樣太稀奇。

我心想「儘管收穫不多，情報也搜集到了，最好不要久待」，感應到明顯在朝我們接近的氣息。

剛才也有幾個人試圖靠近菲亞，由雷烏斯釋放殺氣將他們通通趕跑，可是把事情全丟給雷烏斯做也不太好，這次換我來吧……

「嘿，聽說有人在打聽聖多魯的情報，就是小哥你們吧？」

在我提高戒心時，一名金髮青年帶著親切的笑容出現，直接從菲亞面前經過，朝我走過來。

他未經我的同意坐到我旁邊的座位，跟店長點酒。

「老闆，來杯比平常貴的吧。今天感覺會有好事發生。」

「……好。」

「你誰啊？找大哥有什麼事？」

不去找菲亞，反而對我有興趣的男人還真罕見。

目測比我年長幾歲的青年，穿著打扮跟其他人一樣……像冒險者也像商人，卻散發出一種並非常人的神祕氣質。

「等等，雷烏斯。主動找我搭話，代表你是情報販子囉？」

「沒錯！聖多魯跟我家後院一樣，有什麼問題都可以問我。」

信心十足的發言和莫名親暱的態度，導致這名青年顯得很可疑，但有時候能從這種人身上得到意想不到的情報。而且就算拒絕他，我們也只能回旅館去，跟他聊聊沒有壞處。

目前我最關心的是聖多魯的情勢，不過還是先探聽那些人的情報做為測試吧。

「那麼我想問一下，你知道人稱英雄的那些人的資訊嗎？我只知道有個超越剛劍的劍士，以及擁有神之眼的人。」

「原來如此，那些人啊。你已經知道總共有三個人了吧？」

「嗯，聽說他們的外號叫『神眼』和『天王劍』，只有最後一個人搜集不到半點情報，為什麼？」

「正常，因為城裡的人在隱瞞那傢伙的情報。但我跟一般人不一樣。最後的英雄叫『龍奏士』。」

我本來不抱期望，青年提供的資訊卻相當具體。

也有可能是假情報或胡謅的，但從他眼睛的動作及流暢的口條來看，不像在說謊。我當然不會對他說的這些照單全收，可是挺有趣的，再問仔細一點好了。

「老闆，再給他一杯一樣的酒。」

「喔，謝啦。接下來想問什麼？」

「你知道三位英雄外號的由來嗎？尤其是神眼，麻煩跟我詳細說明。」

「哎呀，只問神眼就行了？」

被酒和小菜吸引的菲亞，似乎還是有在聽我們說話。她拿著酒杯，為我提出的問題感到疑惑。

「其他人的我大概猜得到。天王劍八成是劍術高超之人，龍奏士……恐怕是會操縱龍之類的吧。」

「對，小哥說得沒錯，他能自由操控龍族，所以才被取了這個外號。可是只有少數人看過他，其實連他是男是女都沒人知道。天王劍比較有名，我想你已經打聽到了吧？」

「聽說他是剛劍再世，力量完全在剛劍之上，有需要更正的地方嗎？」

「沒有啦……他的力氣是很大沒錯，卻不至於像剛劍那麼誇張。我認識的劍士是這樣說的。」

「果然，說什麼超越了那個爺爺，絕對是騙人的。」

雷烏斯在旁邊自言自語，我也有同感。

比萊奧爾爺爺強的話，根本是純粹的怪物，很可能是誇大其辭。

「噢，話題扯遠了，你要問的是神眼對吧？神眼是個聰明的男人，其他人也很倚重他。實際上，上次的氾濫就是因為有神眼幫忙指揮，才幾乎沒有造成傷亡。」

沒有強大的力氣或魔力，智慧過人的天才軍師嗎？

青年接著提供更詳細的情報。神眼宛如從天上俯瞰人界的神明，能夠掌握整個戰場，下達適當的判斷，彷彿看見了未來……因而得名。

「目前我知道的就這些。」

「哦，只靠智慧成為英雄呀，真厲害。不過，有證據證明包含龍奏士在內的情報都是真的嗎？」

「信不信是你們的自由。判斷正確與否，也是冒險者的任務吧？」

「你挺會說話的嘛。」

這個情報好像是附贈的，青年沒有要求任何報酬，因此我拿出金幣交給他，想多問幾個問題。

剛才那些情報的小費也包含在內，青年卻把金幣還給我，拒絕收下。

「不用錢。代價是想拜託你一件事。」

「那就是你的目的嗎？要看什麼事囉。」

「用不著那麼警戒啦。不是強人所難的要求。其實……想請你讓我摸摸看你帶著的那隻大狼。」

真是出乎意料的要求。

也就是說，這名青年知道我是北斗的主人，才來與我接觸嗎？

「你怎麼知道我是牠的主人？」

「帶著那麼大的狼和漂亮的妖精，自然會引人注目，而且看牠的反應就知道牠很黏你。」

「那你想摸百狼的理由是？」

「理由？那麼稀奇又大隻的狼，當然會想近距離觀察，親手摸摸看啊。那是男人的浪漫！」

青年跟小孩子似地兩眼發光，我為此感到錯愕，這時雷烏斯從旁插嘴，用銳利的目光盯著他詢問：

「你不會是想對妖精下手吧？」

「嗯？這個嘛，那位妖精小姐當然很漂亮，不過光是能靠近看就足夠了。因為我已經有伴了。」

「專情是好事，雖然身為女性，有種輸給別人的感覺。」

「總之，我的目的是摸那隻狼，所以才來拜託你這位主人……不行嗎？」

他對於一般人不知道的情報瞭若指掌，卻擁有孩童般的純真眼神。

以情報販子來說口風不夠緊，但至少不會是壞人。無論他再怎麼試圖隱藏，只要他心中有一絲邪念，能敏銳察覺到人類細微情緒的北斗，八成會立刻制伏他。

「好吧，可是如果牠真的不喜歡，你就放棄吧。我是牠的主人，卻不想逼迫牠。」

「嗯，沒問題。難得能看見那麼大隻的狼，我可不想被討厭。」

「北斗先生現在不在耶？大哥，要我叫牠來嗎？」

「沒關係，不必這麼麻煩。你們那麼顯眼，走到哪都能馬上找到人，我還會再來找你，到時再拜託囉。」

青年好像有自信一定能見到面，不僅完全不擔心，還相信認識沒多久的我們會遵守諾言。

是擁有看得出對方本性的銳利觀察眼，抑或只是忠於慾望？無論如何，這名青年不只是一般的情報販子。要不是與聖多魯的中心有關，就是認識相關人士吧。

「有其他想問的問題嗎？女人……我看你也不需要，我可以分享聖多魯好吃的餐廳。」

「那還真是求之不得。」

話雖如此，他感覺還握有有用的情報，又讓人討厭不起來，我就再跟他交流一下吧。

之後，我從青年口中得知各種資訊，與他道別，離開酒館回到飯店。

「這家店開在這種地方，卻有很多好喝的酒呢。」

「目的也達成了，挺充實的一段時間。不過……」

「嗯，城裡的狀況似乎挺棘手的。」

我們從青年口中獲得許多情報，其中也有太過詳細，反而令人存疑的部分。我打算跟莉菲爾公主確認真偽，對照雙方的情報再下達判斷。

總之先照賽妮亞所說，暫時按兵不動吧。我邊想邊握住房間的門把，發現不太對勁。

「奇怪，我聽見陌生的聲音。」

「咦？這個味道是……」

「該不會……」

我立刻發動「探查」，發現房間裡的人變得比出門前更多了。可能是賽妮亞回來了，房內卻多出兩個人，魔力的反應也不是她。

這時，艾米莉亞大概是察覺到我們站在門前，開門迎接我們。

「天狼星少爺，歡迎回來。」

「我回來了。艾米莉亞，難道裡面……」

「是的，您猜得沒錯。」

艾米莉亞的苦笑使我的懷疑轉為確信，我做好覺悟，踏入房間……

「啊啊……討厭！怎麼這麼可愛！沒想到又多了一個天使。」

「嗚嗚……姊姊，小力一點……」

「天使是什麼呀？」

「就是在指莉絲和卡蓮這麼可愛的孩子。嗯……北斗的觸感也沒變，真幸福。」

「嗷嗚……」

莉菲爾公主躺在趴在地上的北斗背上，一手抱著莉絲，一手不停撫摸卡蓮。

許久不見的莉菲爾公主穿著隱藏身分用的樸素服裝，卻藏不住她在這一年間成長的魅力。要是沒用那件放在旁邊的長袍遮住全身，八成走沒幾步就會被人認出她是王族。

話說回來，按照計畫，最快應該要明天才能見面，她竟然短短數小時就來了。動作還是一樣快……不對，應該是變得更快了。

莉菲爾公主總算發現我們回來了，笑著望向這邊。

「哎呀，回來啦。過得好嗎？」

「……好久不見。」

「嗯！莉菲姊看起來也很有精神。」

「這還用說，因為我被兩位天使和北斗包圍著。」

莉絲的頭髮有點亂，想必是因為在我們回來前被莉菲爾公主盡情疼愛過。從她疲憊的神情推測，分開一年的副作用似乎非常嚴重。

我好奇的是，卡蓮為何那麼乖？

「天狼星少爺，請看那邊……」

「噢，難怪。」

看到旁邊的桌上放著殘留蜂蜜香的空容器，我理解了一切。

餵食卡蓮確實最有效，可是初次見面的人，她再怎麼說都會戒備。即使如此，莉菲爾公主依然能在短時間內讓她敞開心胸，不僅是因為她是莉絲的家人，也要拜那高超的交際手腕所賜。

「要感謝賽妮亞願意讓我提早收工。唉……好療癒。」

「公主殿下，他們都回來了，差不多該進入正題了吧？」

「再等一下。你還沒跟大家打過招呼，這個比較優先吧？」

「唉……我明白了。各位別來無恙，多了新面孔呢。」

她的青梅竹馬兼護衛梅爾特，也變得跟以前大不相同，雖然還是一樣被莉菲爾公主耍得團團轉。

結實的肌肉讓他的體型比以前大上一圈，不過最明顯的變化應該不是外表，而是精神層面。

之前他無時無刻都在注意莉菲爾公主周遭的情況，常看到他緊張得如同一根緊的絲線，如今則游刃有餘，自然地將注意力放在莉菲爾公主身上。

不曉得我們離開後發生了什麼事，梅爾特好像在逐漸接近經歷好幾次生死關頭的高手境界。等等想問一下他怎麼鍛鍊到這個地步的。

「別來無恙。您看起來……鍛鍊得相當強壯呢，跟以前明顯不同。」

「嗯，我有好幾次差點送命……辛辛苦苦才走到這一步。你們也變得挺壯的。尤其是雷烏斯，一眼就看得出你的成長。」

「是喔？那下次跟我打一場吧。」

「有時間的話。」

雷烏斯露出孩童般天真爛漫的笑容，梅爾特笑著回答。

「對了，賽妮亞小姐呢？莉菲姊和梅爾特先生在這裡，代表你們事情辦完了吧？」

「她在城裡，待在公主殿下的房間，以免被人發現公主殿下在這裡。」

「以她的作風，可能還會特地喬裝。」

「補充說明一下，我們是扮成娼婦及冒險者來的。設定成梅爾特發現長得很像我的娼婦。」

「沒必要說明這個吧？」

可惜不只這段對話，他們兩位的關係也沒什麼改變。

莉菲爾公主並未掩飾好感，剩下就要看梅爾特的態度了……感覺還得花上一段時間。想跟堂堂的王女在一起相當困難，所以不能怪他，我個人會為梅爾特加油。

「聽說您最快明天才有空，真沒想到您今天就來了。」

「多虧賽妮亞很優秀。除此之外，也是因為我在猜莉絲差不多要到了，之前就在偷偷準備。」

深愛妹妹的姊姊，直覺真是敏銳得嚇人。賽妮亞大概也為主人和莉絲拚命搞定了工作。講到這裡，用臉頰磨蹭卡蓮的莉菲爾公主滿足地吁出一口氣。

「呼……滿足了。那麼，差不多可以講正事囉。」

嘴上說滿足了，身體卻不肯離開已經化為三神器的兩人及一隻，該說她大刺刺嗎？

我在內心吐槽，板起臉來的莉菲爾公主狠狠瞪向我。

「天狼星，我聽說了。你打算娶我們的莉絲為妻是吧？」

「是的，對我來說莉絲是心愛的女性，我想和她攜手終生。莉菲爾殿下……不，莉菲爾小姐。請同意我跟她結——」

莉絲雖然接受了我的求婚，她跟已經失去雙親的艾米莉亞和得到父親承認的菲亞不同，需要徵求家人的同意。

我遵循對家人而非王族的禮儀，深深一鞠躬，莉菲爾公主面色凝重，打斷我說話。

「這句話，等爸爸也在場的時候再說吧。莉絲沒有王位的繼承權，對外我們也沒有血緣關係，但我希望大家都在的時候，你再好好說出口。」

「我明白了。到時我會再說一遍。」

「姊姊……」

「討厭，別露出那麼不安的表情。送妳離開的時候，我就知道遲早會走到這一步。不過我個人的感想是……做得好！」

莉菲爾公主展露笑容，更加用力地抱緊莉絲，為她獻上祝福。對她來說等於順便拉攏了我，她高興的或許也包含了這一點。

儘管還沒真正見過家屬，突然四目相交的我和莉絲，靜靜地相視而笑。

「姑且問一下，妳不介意跟其他人共事一夫嗎？」

「當然，因為和大家在一起比較開心，而且……有艾米莉亞和菲亞小姐在，就能扶持天狼星前輩了。」

「是嗎……既然這是妳自己的決定，我也不會有意見。天狼星，要是你敢背叛莉絲的心意，我絕不饒你，不管你逃得多遠，我都會把你揪出來處罰。」

「我會銘記在心。」

以她的個性，隨手就幹得出為莉絲通緝我這種事。

再說，我不可能踐踏純真的莉絲對我的心意，能跟如此珍視家族的人締結深厚的緣分，我也很高興。

「用不著那麼擔心啦。謝謝妳，姊姊。」

「妳幸福就好。所以快點讓我抱你們的小孩吧。」

「唔唔……這、這個話題到此為止！菲亞小姐還沒跟姊姊打過招呼吧？」

終於被放開的莉絲朝我旁邊擺手示意，以扯開話題。等著登場的菲亞站到莉菲爾公主面前，深深一鞠躬。

「莉菲爾殿下，我叫莎米菲亞．阿拉密斯，請您叫我菲亞就好。」

「我想妳也知道了，我叫莉菲爾．巴德非爾多，莉絲的信上經常提到妳，說妳是個非常可靠的妖精族大姊姊……」

或許是因為對方是王族，菲亞判斷第一印象很重要，拿出比平常更正經的態度跟她自我介紹。

莉菲爾公主笑著回應，一講到「妖精族大姊姊」，她的臉色就突然大變。

「不過……我才是莉絲可靠的姊姊。」

她展現出異常的好勝心，大概是不想讓出莉絲姊姊的位子。

「那我也不會輸喔？我會跟莉絲聯手使用魔法，可以說是搭檔了。」

菲亞也從莉菲爾公主的發言中聽出言外之意，回嘴回得極其順口。仔細一想，她們兩個都看得見精靈，所以菲亞一直把莉絲當成戰友和妹妹疼愛。

「我知道很多莉絲可愛的一面。」

「我也是。您知道平常青澀的莉絲，跟天狼星在床上的時候會變得很主動嗎？」

「菲亞小姐!?」

「……等等跟我詳細說明。總之我和莉絲雖然不是同一個母親生的，我們之間的羈絆跟真正的姊妹一樣。是朋友絕對無法建立的羈絆。」

「是啊，我和莉絲確實沒有血緣關係，可是我們的丈夫是同一個，也算一家人了吧？」

「哎呀……」

「呵呵呵……」

現場瀰漫著險惡的氣氛，但這兩位分別是注重脣槍舌戰的王族及長壽的妖精，反而有種在享受這種交流方式的感覺。

雙方看來都不是真的想吵架，我放下心中的大石，被莉菲爾公主拘束住的兩人及一隻卻試圖逃跑，彷彿在表示自己不想受到波及……

「……動不了！」

「姊、姊姊？至少把卡蓮放開吧……」

「嗷嗚……」

莉絲和卡蓮掙脫不了她的束縛，北斗又因為不能把背上的那三個人甩下去，動彈不得，所以大家都逃不掉。

兩人的姊姊之位爭奪戰持續了一段時間，最後她們笑著握住對方的手。

「呵呵……妳挺行的嘛。不愧是天狼星身邊的人。」

「妳也是。我環遊世界，看過各式各樣的人，像妳這麼堅強的女人倒還是第一次遇見。對了，妳喜歡喝酒嗎？」

「嗯，喜歡。現在有點不方便，之後找時間一起喝杯酒，好好聊聊莉絲的事吧。」

「求之不得。」

誰才是好姊姊之戰，似乎要延到下次。

她們有不少相似之處，喝起酒來感覺會立刻意氣相投。菲亞也已經沒在對莉菲爾公主用敬語了。

證據就是她們正在討論喜歡的紅酒，透過窗戶監視室外的梅爾特嘆了口氣，提出建議。

「公主殿下，您該注意一下時間。」

「說得也是，不然來這邊就沒意義了。雖然我還有很多想聊的。」

久違的重逢害我們不小心閒聊太久，在大家自我介紹完後，終於進入正題。

我最想知道的，是為何我們最好不要進入聖多魯……藉由剛才那名青年提供的情報，是可以推測出一個大概，但我想聽她說明詳情。

「你剛剛在外面搜集情報對吧？有問到聖多魯發生了什麼事嗎？」

「我打聽到了聖多魯的三位英雄的資訊……以及城裡有一些小問題。」

根據情報所示，最近聖多魯的國王身體出了狀況，現在在吵該由誰繼承王位。

問題在於，有三個小孩擁有王位繼承權……莉菲爾公主聽了，面色凝重地點頭。

「明明有壓住消息，還是傳出去了嗎？不曉得你聽誰說的，這個情報是事實。所以你們如果隨便走在街上，很可能遭受牽連。」

「這可是聖多魯的問題，我們幾個冒險者為何會被扯進去？」

「這個國家的王位繼承權不只注重當事人的實力及功績，還要看能否召集優秀的人才。像你們這樣的人，八成會第一個被盯上。」

「我們也私下調查過，城裡有人知道天狼星和雷烏斯的姓名及長相。沒什麼好意外的，畢竟你們參加過鬥武祭。」

即使是其他大陸舉辦的活動，鬥武祭的結果不只艾琉席恩知道，似乎還傳到了聖多魯。

意即要是我和雷烏斯隨便走在路上，被認識我們的人發現，消息可能會傳到城裡，引來試圖籠絡我們的使者。

「若你們拒絕後他們就乾脆地放棄，那還算好的，不過這個國家……政府的高層好像有許多居心叵測的人，有些人會為達目的不擇手段。」

也就是說，有人會抓住我們的把柄或挾持人質威脅我們，賽妮亞之前才叫我們不要進城。

「我很清楚各位有多麼強大，就算要與一個國家為敵，我都覺得你們有辦法應付。可是，沒必要主動惹麻煩上身吧？」

「我確實不想捲入這場糾紛……」

「想增廣見聞不是壞事，但我覺得聖多魯可以改天再來，等繼承人的問題解決再慢慢參觀就行。」

她單純是在為我們擔心，而非不希望自己看中的人被挖角。

梅爾特應該也一樣。他像要附和主人似的，看了我們一眼後開口說道：

「聽莉絲殿下說，各位的下一個目的地是艾琉席恩？公主殿下還得在這邊待一段時間，先回去一趟如何？」

「對呀，不能一起回去固然可惜，再過幾天國際會議就會結束，我們很快就會追上。有需要的物資，我可以派賽妮亞幫忙準備，你們趕快離開這個國家。」

莉菲爾公主充滿溫情的這番話……使我覺得不太對勁。

我明白她是想避免我們遇到危險，才出言勸阻，但總覺得還有其他原因。

為了查明真相，我想起剛才那名青年提供的情報。

『……所以，聖多魯乍看之下很和平，城裡卻在為下任國王是誰吵得不可開交。』

『通常會由長子繼承，這個國家不是這樣嗎？』

『當然囉。聖多魯可是位於有一堆魔物棲息的魔大陸旁邊，不由優秀的人統治，一下就會滅亡，再早出生都沒用。』

『下任繼承人的人選……有三位是嗎？』

『對。不過下任國王恐怕會是長子桑傑爾殿下。因為他是在上一場氾濫找到三位英雄，收他們當家臣的王子。』

這樣聽來……怎麼想都覺得下任國王確定會是長子桑傑爾。

那還有什麼好吵的？我進一步詢問，青年環視周遭，用其他人聽不見的音量告訴我：

『其實，城裡很多人不認同桑傑爾殿下。』

許多臣子因為他身為國王的氣度不足等各種理由，對他心懷不滿，拚命拱其他繼承人上位。

『現任國王很優秀，那些人應該是覺得桑傑爾殿下沒有能力接下這個位置。我倒認為他們只是看他年輕才瞧不起他。』

『聽你這樣說，感覺有很多難搞的傢伙。另外兩位是什麼樣的人？記得長女是茱莉亞王女，次男是亞修雷王子……對吧？』

『對。我個人覺得茱莉亞殿下也有資格當國王。不僅武力及智慧過人，還擁有連女性都會愛上的美貌。』

比長子桑傑爾小一點的茱莉亞，平常就會使劍，實力堪稱全國數一數二。

青年語帶惋惜地說，如果上次的氾濫天王劍沒有出現，她又不是王女，被譽為英雄的人理應會是茱莉亞。從他的反應來看，青年搞不好是茱莉亞王女的粉絲。

『聽你這樣說，長女好像更適合繼承王位，為何確定是長子？』

『因為茱莉亞殿下滿腦子只有劍術，對王位沒興趣。那麼漂亮的美女沉迷於劍術，有夠可惜。』

『哦，沉迷於劍術啊。我有點想見見她。』

雷烏斯對茱莉亞產生了興趣。重點不是放在美女，而是聽見她是強大的劍士才有反應，很符合他的個性。

「喂喂喂，你以為茱莉亞殿下有那麼好見嗎？想欣賞美女的話，看那位妖精姊姊不就得了？」

「你別介意。這孩子只是對厲害的劍士有興趣。」

「那最後一位呢？」

「亞修雷殿下……大概不行。我無法想像那位王子當上國王。」

青年的態度跟提到其他兩人時不太一樣，該說隨便嗎？總而言之，他帶著有點無奈的表情，開始介紹亞修雷這名男子。

「那位王子在三個人之中，是對王位最漠不關心的。他每天都會到街上玩，是個浪蕩王子。聽說最近跟某位娼婦打得火熱。」

「那個人聽起來……好不檢點喔。怎麼會有人想把這種傢伙拱上王位啊？」

「為了讓國王照自己的意思行事吧。有的國家國王只是傀儡，實際上由家臣統治。」

「哦，小哥果然敏銳。沒錯，有人在猜亞修雷殿下是因為不想跟那些人扯上關係，才跑出去玩。不過在我眼中，他只是為了享樂啦。」

青年講到這邊就閉上嘴巴，看來他手中的情報只有這些。

儘管不知道他說的是真是假，這名青年懂這麼多的理由，我倒是有頭緒了。

我在心中得出結論，雷烏斯將嘴裡的肉乾吞下去，看著青年歪過頭。

『你怎麼知道這麼多？直接聽那個亞修雷王子說的嗎？』

『哎，差不多囉。被發現會很麻煩，請兩位保密。』

我沒打算說出去，也沒打算再跟他扯上關係，便老實地點頭答應。

由於得到比想像中更有用的情報，我連同青年的餐費一起放在桌上。在我正準備離去時，青年最後留下一句意味深長的話。

『直覺告訴我，城裡現在的狀況非常可疑。不只繼承人的問題……還有其他因素。』

『其他因素？』

『說實話，我也不知道該怎麼說明。可是……算了，總之你們最好小心點。那些人肯定會跑來糾纏帶著那隻狼的強者。』

雖說事實並非如此，外人果然會認為我是靠力量馴服北斗的。

少年將他點的酒和小菜清得一乾二淨，準備轉身離去時，我給了他一個忠告。

他有點輕浮，不過某種意義上還滿直率的，我個人有點欣賞。

『不曉得你有沒有發現，跟人講話時不只視線，眨眼的頻率也要注意一下。你說謊的時候眨眼的次數會無意間增加。』

『真的假的!?可惡……那傢伙就是靠這個看穿我的謊言嗎？』

少年似乎想到了什麼，乖乖接受我的忠告，帶著爽朗的笑容離開。

……這樣看來，青年除了警告我們會有人來強行挖角外，還感覺到不明的詭譎氣氛。

而莉菲爾公主那番話除了關心，感覺也蘊含不希望我們來的請求，她本人很可能被捲入了麻煩之中。

我們來到這裡時遇見賽妮亞，是因為她常來這個地方見青年那類的情報販子，以搜集情報。安排旅館時那麼有效率，原因八成也在於此。

為了弟子們的安全，本來應該要離開聖多魯，我卻看著面色凝重的莉菲爾公主詢問：

「莉菲爾殿下，城裡是不是有什麼狀況？」

「我不是說了他們在爭奪王位繼承權嗎？」

「那我換個問題。您的人身安全有保障嗎？不只繼承人的糾紛，您是不是遇到了棘手的問題？」

「這個嘛……確實很麻煩。其實我可能要跟聖多魯的王子訂婚。」

「結、結婚!?姊姊嗎!?」

是身分高貴的人常有的政治婚姻。

梅爾特對這句話有一點反應，但他什麼都沒說，默默警戒著室外，大概是已經知道了。

突然聽見姊姊要訂婚，莉絲激動地追問，莉菲爾公主摸著妹妹的頭安撫她。

「別那麼緊張，還沒決定。城裡有人企圖讓聖多魯國王的次男和我結婚，以跟艾琉席恩打好關係。」

「次男是剛才那個大哥哥說的亞修雷嗎？」

「應該吧。不過有卡帝亞斯陛下在，我不認為這場政治婚姻會那麼順利。」

「對呀！爸爸什麼都沒說嗎!?」

「爸爸現在不在聖多魯城。他跟其他國家的國王一起去前線基地了。」

前線基地指的是位於魔大陸那個方向的一道城牆。

從這裡騎馬過去要花上半天，在聖多魯的城牆中是最大最堅固的。

氾濫發生時，用來抵擋從魔大陸湧現的魔物的城牆不只一道，那裡是最重要的防線，所以稱之為「前線基地」。除了卡帝亞斯，我們之前去過的獸國亞比特雷的獸王好像也在那裡。

講點題外話，莉菲爾公主他們是因為考慮到莉絲可能快來了，才留在這裡。

「前來參加國際會議的國王中，也有從未來過聖多魯的人，所以要帶他們去視察，見識做為國家象徵的城牆及士兵的熟練程度。爸爸他們好像得再等幾天才會回來，那些人想趁這個機會一口氣撮合我們。」

「姊姊，那妳……」

「當然拒絕囉。一眼就看得出他們在動無聊的歪腦筋，而且我未來會成為艾琉席恩的女王。」

「對啊，莉絲姊還是最適合當艾琉席恩的女王陛下。」

不只雷烏斯，我也點頭贊同，莉菲爾公主高興地朝雷烏斯招手。

「呵呵，雷烏斯很懂嘛。來這邊讓我摸摸頭。」

「莉菲姊，我已經不是小孩了耶？我會害羞啦。」

「我想摸你的耳朵。賽妮亞和艾米莉亞的耳朵雖然軟軟的很好摸，我也喜歡你那稍微有點硬的耳朵。」

「好吧。」

他們一個是姊姊，一個是弟弟，所以挺合得來的。

莉菲爾公主開始撫摸走到她旁邊的雷烏斯的耳朵，帶著令人心安、信心十足的表情接著說：

「總之我不打算被他們牽著鼻子走，那位王子也沒有這個意思，大家放心吧。其實我今天被迫跟那位王子單獨共進晚餐，我們只有在嫌這個婚約麻煩的這部分一拍即合。」

心懷不軌的家臣安排兩人一起吃飯，培養感情，結果反而讓他們得知彼此利害一致，決定聯手破壞婚約。

其實對方只是在假裝幫忙，關鍵時刻一到就背叛她……也不是沒有這個可能，可是實際跟第二王子交談過的莉菲爾公主，似乎認為第二王子值得信任。

她不是單靠女性的直覺下判斷，也有第二王子值得信任的證據，看來真的不用擔心她被逼著結婚。

莉絲聞言鬆了口氣，坐在床上休息的菲亞開口提問。

「對了，聽說現任國王身體出了問題，關於這件事他什麼都沒提嗎？」

「這個希望大家保密，聽說國王的病情嚴重到無法走出房間。政務全靠他的兒子和家臣處理，導致問題百出。」

這次的政治婚姻也是家臣的獨斷專行，跟國王沒有任何關係。說起來，會想跟距離如此遙遠的國家建交就夠奇怪了，那些人真正的目的是艾琉席恩學園的校長——魔法大師羅德威爾的樣子。

「畢竟我們王族全家都跟羅德威爾叔叔認識。他們是覺得如果我嫁到聖多魯，就能跟叔叔攀關係吧。」

「也就是跟魔法大師攀關係的手段嗎？」

「我能理解不能光憑好聽話治國，但他們不僅無視當事人的意願，把人用來搞政治，還將女性視為物品，不可饒恕。」

若能跟人稱魔法大師，名聲與實力兼具的羅德威爾打好關係，在各個方面都會有好處。

然而，只將他國的王女莉菲爾公主當成道具看待的傲慢想法，令菲亞和其他弟子感到不快。

「最壞的情況下，或許得潛入城內。到時得先徵得天狼星少爺的同意，再制定縝密的計畫……」

「梅爾特先生打算放著不管嗎！不只是因為你是姊姊的近衛，身為一名男性，你怎麼可以默不作聲！」

「呃、呃，不管我怎麼做，那些人的行動方針應該都不會改變，而且現在……那個……」

「嗯……呼嚕……」

「討厭，她連睡相都超可愛的。好想把這孩子帶回家！」

「……你們可不可以冷靜點？」

他們開始自說自話，導致場面變得一團混亂。

這樣下去沒完沒了，於是我先叫眾人冷靜一點，將話題拉回正軌。

「咳咳……總之，這就是我目前的處境。家臣趁國王不在為所欲為，有人連我這個他國的王女都想利用。要是那些人知道你們的存在，肯定會跑來糾纏，所以我希望你們快點離開聖多魯。」

「謝謝您願意為我們操心，可是聽您這樣一說，反而更令人不安了。」

「姊姊，真的沒問題嗎？婚約可能還拒絕得了，但妳是不是被捲入更麻煩的事件了？」

「這裡不是艾琉席恩，你們的同伴不多耶。」

「是不多，不過我帶了可靠的護衛來，你們不用擔心。尤其是負責保護我的近衛，他們可是受過那個剛劍的鍛鍊呢。」

從艾琉席恩帶來的士兵連一千人都不到，裡面卻有五十人左右是莉菲爾公主的專屬近衛，包含梅爾特在內。

聽說那些人是由莉菲爾公主親自招攬的，既忠心又實力優秀，但我更在意的是她提到了剛劍這號人物。

「剛劍？萊奧爾爺爺來過艾琉席恩嗎⁉」

「在你們離開的不久後。好像是來拿他的劍給鐵匠看。」

遇見萊奧爾爺爺的莉菲爾公主，成功僱用他幫忙為城裡的士兵指導劍術。

要重新打磨那麼大一把劍，應該得等滿久的，他八成是想打發時間才答應。難怪梅爾特變得那麼強。

「那個老爺爺極度厭惡貴族和王族，虧您有辦法說服他。」

「也只有你會把剛劍叫做老爺爺。除了用美食誘惑，我還祭出艾米莉亞的名字，結果他一下就答應了。對不起，擅自把妳拿來當籌碼用。」

「沒關係，您真是做了個大膽的決定。竟然找那位爺爺來上課……」

「嗯，梅爾特哥哥怎麼有辦法平安無事。」

「我也覺得自己還活著很不可思議。在那半年之間，我有好幾次都覺得會沒命……託他的福，我順利變強了。副作用是偶爾會作惡夢。」

「很難稱得上平安無事呢。」

那位爺爺超不擅長手下留情。

他剛開始教雷烏斯劍術的時候，我無時無刻都在旁邊監視，一覺得危險就得插手制止，動不動就差點被砍成兩半。

拜雷烏斯所賜，爺爺他學會稍微——不對，最基本的手下留情。梅爾特和近衛們最好感謝雷烏斯。

「我也曾經後悔請他來擔任教師，可是我的近衛真的身心都有所成長。以他們現在的實力，就算以少敵多，應該也有辦法突破重圍，再說，對方不可能不知道直接危害我們會有什麼下場。」

聖多魯被譽為世界第一大國，國力與之相近的國家卻有好幾個。

假如爆發國與國之間的戰爭，受到他國的攻打，聖多魯必須同時對付外國的士兵及魔大陸的魔物。魔物的氾濫數年才有一次，但偶爾會有從魔大陸掉進海裡，漂流過來的魔物侵入聖多魯。

用來守城的兵力應該不能隨便刪減，一旦開戰，這個國家撐不撐得下去都說不準。

「簡單地說，敢動我們的人要不是真的想征服世界，就是腦袋有病。那些人雖然一直在搞小動作，我不認為他們有那麼無聊。」

所以放心回艾琉席恩等我吧——莉菲爾公主用這句話收尾，對我們展露微笑。

這抹笑容洋溢著對家人的愛情，而不是在以王女的身分跟我們說話，莉絲卻依然面帶愁容。

「……天狼星前輩。」

「嗯，我也是。」

我發現莉絲看著我，眼中蘊含堅定的決心，看著她的眼睛點點頭，叫她照自己的意思做。

「姊姊，我很高興妳這麼為我們著想，可是我們想跟妳和爸爸一起回艾琉席恩。」

「傷腦筋。妳不明白姊姊不想被自私的大人操弄的心情嗎？」

「……果然不一樣。平常的姊姊應該會嘴上苦笑著說『真拿妳沒辦法』，答應我們的要求，思考要如何保護好我們又達成目的才對。妳沒有這麼做，代表形勢十分嚴峻對吧？」

「不到那個地步，純粹是因為我身在外國，必須提高戒心。王族就是一點小事都會釀成大災禍，妳也稍微有點概念吧？」

「莉菲爾殿下，我也可以提出一個問題嗎？」

氣氛變得有點險惡，因此我強行插嘴，莉菲爾公主毫不掩飾臉上的不悅，往我這邊瞪。

她全身散發王族的氣勢，卻沒有開口，一副叫我有話快說的樣子，我便接著詢問：

「我就直接問了，您在戒備什麼？」

「跟我剛才說的一樣。別問同樣的問題。」

「不對，還有其他原因。正因為有那個因素存在，您才想疏遠我們對吧？」

其實在從酒館回到旅館的期間，我用「探查」對聖多魯做了地毯式搜索，以調查城裡的狀況。

這裡離城堡有段距離，因此沒辦法將搜索範圍縮小到單一人物身上，不過調查結果顯示……城裡明顯有好幾個強大的魔力反應。

恐怕是那三位英雄，那幾個魔力反應卻令我莫名在意。

這只是我的直覺，沒有確切證據，不過莉菲爾公主的態度如此不自然，我不能當作沒這回事。

莉菲爾公主大概明白我和莉絲不會退讓了，深深嘆息。

「啊啊……真是的！幹麼堅持要插手啦。」

「因為我們擔心妳。妳和爸爸要來參加我們的……那個，我們的婚禮，所以我們要一起回去！」

「我們也跟莉絲有同樣的想法。若我們幫得上什麼忙，請您儘管開口。」

「不可以想幫莉菲姊的忙嗎？」

「唉唷，我們光走在路上就會引人注目，早就習慣惹麻煩上身了，不用擔心啦。」

用不著商量，眾人便達成共識。

說實話，我也不想牽扯進王族的糾紛中，不過認識的人另當別論。

想跟莉絲一起得到幸福，不只我們，莉菲爾公主和卡帝亞斯也是不可或缺之人。

如果我們照莉菲爾公主說的拍拍屁股就走，要是他們有個萬一，我們八成會後悔一輩子。

更重要的是，既然我要和莉絲結婚……

「請您別想那麼多，更依賴我們一點。因為莉菲爾殿下——不，莉菲爾小姐將來會成為我的姊姊。」

「唔!?」

若她同意我和莉絲結婚，莉菲爾公主等於會變成我的姊姊。幫助家人還需要理由嗎？

大概是我那試圖緩和氣氛的發言令她措手不及，莉菲爾公主當場愣住，梅爾特從旁勸導她。

「……公主殿下，賽妮亞不在場，所以就由我代替她說吧。我認為應該要向他們尋求協助。」

「梅爾特……」

「我會盡全力保護您，可是無論如何都有極限。只要有他們在，不只是我，您也能稍微喘口氣。抵達聖多魯後，您就沒有好好休息過了吧？」

這裡對莉菲爾公主來說人生地不熟，再加上來到聖多魯以後，她一直維持在緊張狀態，精神方面累積了不少疲勞。

雖然她完全沒有表現出疲態，還是瞞不過誠心為她著想的妹妹，以及長年以來對她抱持好感的青梅竹馬。難怪她不肯離開三種神器——妹妹、天使和狼。

不過，總是任憑莉菲爾公主擺布的梅爾特，竟然會這麼直接地提出建言，真是難得。

「而且就算回到艾琉席恩可以見到面，叫莉絲殿下直接回去，卡帝亞斯陛下會生氣吧？」

「挺會說話的嘛。哪來的近衛會違背主人的意向？」

「我只是選擇了最適合保護您的手段。更別說他們也有那個意願。」

承認自己無法負擔，視情況向人求助。不愧是跨過生死關頭（剛劍道館），由衷理解自身的弱小之人。

莉菲爾公主沒想到連梅爾特都跑來說服她，露出放棄掙扎的表情，撫摸莉絲的頭。

「真是的。妳也長大了呢，竟然會這樣跟我講話。明明值得高興，我卻覺得心情好複雜。」

「別一直把我當小孩，稍微依賴我一點嘛。」

「說得對，是我不好。仔細一想，妳已經要嫁出去了，身心都是成熟的大人了呢。」

「姊姊!?」

看見本該由自己守護的妹妹有所成長，莉菲爾公主似乎改變了想法。

她逐漸恢復以往的態度，環視眾人，慢慢低下頭。

「講這種話很沒出息，但我還是要正式提出請求。請大家幫助我。」

「好的，雖然不知道幫得上多少忙，只要您不嫌棄，我們一定會盡量提供協助。

那麼，關於剛才的問題……」

「我在戒備什麼……對吧？等等再說明我發現異狀的事情經過。我們好像遭到監視了，待在城裡的時候經常感覺到其他人的視線。」

「雖說不是敵對國家，你們畢竟是外國人士，被監視不是很正常嗎？」

「是沒錯，不過我找不到是誰在盯著我們，覺得不太舒服。」

有時會由城裡的士兵看守，可是大多數的情況下都不會看到對方的人影。連敏銳的賽妮亞都無法察覺，至今仍不知道是誰的視線。

莉菲爾公主跟我們抱怨，被捲入繼承人的糾紛和婚約騷動固然令人心煩，最痛苦的是經常受到他人監視的感覺。

跟城裡的人反應，他們也只會說不知道，不予理會。也是啦，不拿出受到監視的證據，被人覺得只是神經過敏很正常。

「我自認習慣被人盯著看，不過那座城堡的氣氛不適合我，害我坐立不安的。本來就因為繼承人的問題搞到氣氛緊張了，不要給我增添額外的負擔好嗎？」

「梅爾特哥哥咧？」

「沒有公主殿下那麼嚴重，但我同樣會被人盯著。總之那座城堡讓人不想久待。」

莉菲爾公主不只以王族的身分過活，又頭腦聰明，天生直覺敏銳，或許就是因為這樣，她才會格外不適。

看來我們的工作，主要是保護莉菲爾公主不受到那神祕的視線及氣息的危害。

「那麼姊姊，賽妮亞為什麼會出現在這個部落？不是在等我們吧？」

「她是來搜集情報的。這裡有個情報販子不只熟悉聖多魯，還精通檯面下的局勢。那人負責管理這個村落，所以賽妮亞好像花了不少時間取信於對方。」

儘管對方沒有直接動手，莉菲爾公主不想一直落於下風，便叫賽妮亞去搜集城裡的情報。

賽妮亞聽從莉菲爾公主的命令，去了好幾次部落，在終於約好要跟那位情報販子見面時遇到我們。

之後我們討論了一番，決定先讓莉菲爾公主邀請大家進城。

劇本設定成身為莉菲爾公主的近衛，對外宣稱要踏上修行之旅的我——雖然事實並非如此——碰巧來到這裡。

進城後或許還能查明異樣感源自於何處，我得繃緊神經。

討論完畢後，我叫住準備回到城堡的兩人。

「莉菲爾殿下，請留步。」

「怎麼了？下午我會派人來接你們，用不著擔心。」

「不是，請把卡蓮留下。」

「……借一下就好。」

「不行。」

「啊啊……我的天使。」

要是我不阻止，她八成會真的把卡蓮帶回家。

之前她就沒什麼在顧慮形象，我叫她姊姊後，她似乎變得更不客氣了。

「公主殿下，您也該放棄了。把小孩子帶走實在不太好。」

「說她是我們的孩子就行。而且這孩子說不定還能幫助我破壞婚約。」

「只會引起混亂！」

「姊姊，明天還能見到卡蓮，今天先忍耐一下啦。」

在妹妹的說服下，莉菲爾公主總算死心，依依不捨地把卡蓮抱到床上，走出房間……

「莉絲也請留下。」

「小氣！」

她叮嚀了一句「明天一定要再讓我抱喔」才離開，莉絲在恢復安靜的房間看著大家的臉，深深低下頭。

「真的很感謝大家願意幫助姊姊。」

「別客氣。畢竟如同天狼星少爺所說，莉菲爾殿下是我未來的姊姊。」

「對啊，上學的時候我們也受過她的關照，既然是家人，哪能放著不管。」

「我們約好要一起喝酒，她也還沒跟我分出勝負。能幫多少算多少囉。」

「嗷！」

「呵呵……那把這邊的事情解決，回到艾琉席恩後，叫姊姊請吃很多好吃的東西吧。」

換成以前的莉絲，八成會因為害大家遭受牽連而後悔不已，如今的她卻坦率地拜託我們，值得高興。

於是，我們決定進入在召開國際會議的期間，散發詭譎氛圍的聖多魯。

從事前得知的情報判斷，情勢確實堪憂，但過於緊張反而會導致失敗，只需要按照平常的步調行事即可。

因此，我們沒有立刻休息，而是開始商量敵人可能會以何種手段攻擊，以及應對方式。

# 《王族與英雄們》

隔天……我們離開旅館，一大早就來到城門前。

我因為帶著北斗的關係，受到守衛的審問，但還是沒花多少時間就被放行了。多虧我們提早出發，進城的隊伍並不長，很快就進入聖多魯的城下町。

「哇……好多人好多店喔！」

「國土遼闊的話，道路也很寬敞耶。有必要把路拓得這麼寬嗎？」

「除了美觀，有部分也是為了順暢的交通環境吧。」

雷烏斯說得沒錯，整齊排列的石頭路，寬敞得足以供五輛馬車並排通過。

經過鋪裝的道路——大街直線延伸至正前方的城堡，兩側開著各式各樣的店家，在跟冒險者和居民做生意。

能看見大小各異的建築物的街景，跟事前聽說的一樣和平，萬萬想不到城裡竟然發生了那樣的糾紛。

「雖然之前就知道這個國家很大，真是超乎想像呢。」

「光在街上亂逛，感覺都會逛到天黑。可惜現在沒空，之後我想慢慢參觀。」

「那家店的食物看起來好好吃。等等去買吧。」

「欸欸欸，那是什麼東西？啊，那邊有好多書！」

藏住翅膀的卡蓮第一次來到跟村子及部落規格不同的大城市，兩眼發光，不停左右張望。

為了以防萬一，這次菲亞也用兜帽遮住耳朵，不過北斗實在很顯眼，我們便從大街上鑽進建築物之間的小巷子。

「好了，在人家來接我們前，得安分一點。」

「一直躲著有點不自在。莉菲爾說最快要等到下午或傍晚才會有人來，要不要先找個地方坐下來休息？」

「要我去找舒適的旅館嗎？」

「卡蓮想要書！」

「不，在這座城市最好盡量結伴同行。隨便在附近找人問話吧。」

「……嗷！」

在我們決定好行動方針，準備移動時，北斗突然低聲吠叫，叫我們提高戒心。還看不見對方的身影，但牠似乎已經感覺到有人明顯在朝我們接近。

「一個人嗎？以單純路過來說動作有點詭異，可是感覺不到殺氣。」

「精靈什麼都沒說。」

「我也是。」

「天狼星少爺，要怎麼做？」

「說不定只是來看北斗的，還不用戒備成那樣。菲亞和卡蓮先待在馬車裡比較好。」

「卡蓮想要書！」

「嗯，等等去看吧。」

與妖精和百狼同行的我們容易引來注目，卻鮮少有人主動接近，因為大部分的人都會怕北斗。來找我們的大多是跟昨天那名青年一樣好奇心旺盛的人，不然就是利慾薰心之人。

這次過來的卻只有一個人，也沒偵測到潛伏在周圍的同伴，為求保險起見，我還是叫菲亞和卡蓮躲起來再說。

菲亞抱著卡蓮躲進馬車的同時，一名男子踏著異常僵硬的步伐現身，看到我們便深深一鞠躬。

「帶著百狼的團體……您就是天狼星先生對吧？」

「你誰啊？」

「嗷！」

雷烏斯和北斗因為對方認識我們而起了疑心，狠狠瞪過去，眼前的男子沒有一絲動搖，抬頭露出柔和的微笑。

「那您就是雷烏斯先生囉？我一直在等各位。」

「你認識我們？」

「那當然。兩位是去年舉辦的鬥武祭的冠軍及亞軍。聽說那場比賽是公認的精采，雖然我沒有親自到場。」

「你認錯人了吧？」

「冠軍帶著的百狼並不常見，而且兩位的氣勢使我確信您們就是本人。」

頭髮彷彿褪去所有色彩的白髮男子，外表看來約二十歲。

男子擁有與溫和笑容十分相襯的中性長相，一部分的瀏海特別長，將其中一隻眼睛完全遮住，服裝是蓋住全身的長袍，從他走路的姿勢一眼就看得出沒在鍛鍊身體。

乍看之下搞不好連小孩子都打不過，面對大部分的人都會害怕的北斗和雷烏斯的氣勢，男子卻不慌不亂，不僅如此，還光用看的就看出我們的實力，不容大意。可是他沒有要動手的跡象，態度也彬彬有禮，一直用這種要吵架的態度跟人家說話有失禮節。

他恐怕是聖多魯的名人──在我心想之時，男子察覺到我的想法，再度低頭報

上姓名。

「不好意思，還沒自我介紹。我叫吉拉多，在這個國家被叫做神眼。聽從桑傑爾殿下的命令前來迎接各位。」

「神眼……」

沒想到全國的英雄神眼會親自出面。

他應該在城堡裡工作才對，卻在我們進城的不久後就找到我們，直接前來接觸，動作快得驚人。若不事先做好準備，不可能辦得到這種事，我們的一舉一動或許都在對方的掌握之中。看來最好提高警戒。

這人實在很可疑，但他都先自我介紹了，我們也不能默不作聲吧。

我叫來菲亞和卡蓮，大家簡單自我介紹後，提出問題以試探對方的意圖。

「迎接我們嗎……我有很多問題想問，首先是，為何要邀請我們進城？」

「我的主人桑傑爾殿下，想見在鬥武祭上大顯身手的天狼星先生和雷烏斯先生。桑傑爾殿下看重優秀的人才，不會在意種族和性別。」

「在那之前，想先請教一下。你怎麼知道我們來到了這座城市？從你與我們接觸的速度來看，不事先得知情報是辦不到的吧？」

「各位來到這裡前，通過了好幾道守護聖多魯的城牆對吧？守衛認識您們，情報便傳到了我耳中。」

他配合我們應該會抵達城下町的時間離開城堡，藉由行人的對話推測出北斗的行蹤，找到我們。

聽起來是很合理……但未免太快了。

在我們穿過通往城下町的城門的同時察覺到，確信我們在這個地方才過來找人……總覺得是這樣。

也有可能是巧合或運氣好，但他好歹是人稱神眼的男人，說不定擁有跟我的「探查」一樣，能夠偵測目標所在地的特殊魔法或能力。這樣一想，通過每道城門時門衛沒有因為北斗而起疑，或許就是吉拉多先通知過他們。

吉拉多無視提高戒心的我，笑著繼續說明：

「情報是很重要的。我會盡量搜集情報，預測未來，配合當下的狀況採取最適當的行動。」

「如傳聞所說，你似乎非常聰明。」

「沒那麼誇張，只是在拚命尋求生路罷了。因為我只懂得動腦。」

「我看你的動作莫名遲緩，是生病了嗎？」

「是的，小時候被凶暴的魔物攻擊。撿回了一條小命，身體卻變得不能自由活動。」

看來他的步伐那麼僵硬，是被魔物攻擊留下的後遺症。

看到傷患會忍不住出手相助的莉絲本想開口要求幫他治療，但莉菲爾公主之前提過城裡的人很可疑，便克制住了。

「那真是……辛苦你了。」

「不過，正是因為有那段經歷，我才會被桑傑爾殿下收留，如今成為別人口中的英雄。我並不覺得自己不幸。」

「你沒有向後遺症屈服，一路努力過來了呢。我也想跟你學習。」

不輸給逆境，知道努力不懈有多重要的弟子們點頭表示贊同，吉拉多苦笑著搔搔頭。

「對不起，話題扯遠了。那麼各位意下如何？」

「沒關係。簡單地說，你是遵照那位桑傑爾殿下的命令來接我們的對吧？」

「是的，不好意思這麼突然，方便請各位移駕到城裡嗎？您認識的莉菲爾王女也在，我們會盛大歡迎各位。」

「你挺瞭解我們的嘛，要是我拒絕呢？」

「那也沒辦法，我會乾脆地放棄。我沒有蠢到對各位硬來。」

聽說城裡有許多問題，他們或許是想避免無謂的消耗。

我不認為這男人是莉菲爾公主派來的使者，應該要拒絕他，我卻開始好奇吉拉多這名男子。與性格或外貌無關，而是因為他來歷不明。

而且推掉國家的第一王子的邀約，可能會害莉菲爾公主不好做人。反正我們終究得為莉菲爾公主進城，接受邀請以看清對方有多少斤兩，也不失為一個手段。

整理好思緒後，我先跟吉拉多知會一聲，與他拉開距離，將自身的想法傳達給其他人。

「……我是這樣想的，你們覺得呢？」

「看得出他不是簡單人物，這個邀約也很可疑……」

「嗯，擅自答應的話，會不會被姊姊罵呀？」

「問題就在於此……嗯？」

這時，我感受到一股視線，望向馬車，發現賽妮亞躲在吉拉多看不見的屋子後面。

昨晚莉菲爾公主說會在下午派使者過來，賽妮亞卻出現了，這說不定是突發狀況。她還隱藏氣息，避免被吉拉多發現，我最好也假裝沒看到她。

我下達判斷，叫弟子們不要出聲，賽妮亞比手畫腳對我們傳遞訊息。

「……答應……他？叫我們跟那個男人走嗎？」

「是的，她還說對方不是同伴，要我們小心點……的樣子。」

「虧、虧你們看得懂。賽妮亞應該是姊姊派來的，意思是沒道理拒絕囉？」

「那就決定了。反正進城後她就會來跟我們接觸，只是順序有差而已。」
「可是，她幹麼躲起來？要來接我們的話，直接出來就行啦。」
「不想被吉拉多看到吧。可能是他需要戒備，或者賽妮亞正在祕密行動。」
也可以用風魔法傳遞聲音，她應該是考慮到吉拉多可能透過魔力的動向發現她，才沒有這麼做。
總而言之，我點頭跟賽妮亞表示理解，等她靜靜低下頭，消失不見後，答應了吉拉多的要求。
「真的嗎!?啊啊，這樣就有臉見桑傑爾殿下了。」
「話先說在前頭，如果你們在城裡不肯讓我們見莉菲爾殿下，或者帶我們去奇怪的地方，我們不惜祭出強硬手段也要回去。」
「好的，可是……城裡現在發生了各種問題，許多人不承認桑傑爾殿下的身分。那些人可能會貿然行事，擅自與各位接觸，這一點要先向各位說明。」
「既然跟王族扯上了關係，我也明白這個道理。不過萬一發生什麼意外，你多少會出點力保護我們吧？要是他們主動來找碴，把我們說成壞人，我可受不了。」
「這還用說。各位的安全就包在我身上。」
不愧是人民口中的英雄，真是可靠的回應及笑容。
看來他至少會幫忙擋住那些煩人的傢伙，但我還有疑惑，便接著對吉拉多提問：

「明知找我們進城既麻煩又危險，他為什麼想見我們？」

「桑傑爾殿下在招募強者。可是，未經調查就將各位請去見桑傑爾殿下過於危險，所以我才想親眼確認各位是什麼樣的人，看來是用不著擔心。」

「這麼容易就決定，沒問題嗎？」

「是的，我很清楚各位不是粗暴的冒險者。那我們走吧。」

在吉拉多帶領我們邁步而出時，有個人拉住我的袖子阻止我。

「卡蓮想看書！」

「……不好意思，進城前方便讓我去一下其他地方嗎？」

「啊哈哈，好啊。桑傑爾殿下說中午之前到就好，應該可以繞點路。」

儘管我也覺得這樣太寵她，馬車裡的書卡蓮大部分都已經看過，是時候添購新書了。

我安撫著翅膀在衣服底下瘋狂拍動的卡蓮，尋找賣書的攤販。

我懷著不入虎穴焉得虎子的心情，通過圍住城堡的最後一道城牆來到聖多魯城，由於吉拉多在場的關係，輕輕鬆鬆就進到裡面。

看守城門的士兵一看到吉拉多就恭敬地行禮，他明明帶著從哪個角度看都是可疑人士的我們幾個和北斗，士兵卻面不改色地打開城門。可見吉拉多在城裡有多麼受到信賴。

「哇……比亞斯爺爺挖的洞窟還大！」

「我也從來沒進過這麼大的城堡。卡蓮想住在這種城堡裡面嗎？」

「嗯……卡蓮喜歡普通的房子。」

「呵呵，說得也是。再小都沒關係，能跟大家一起開心生活就夠了。」

「有很多書，有可以放很多蜂蜜的倉庫，大到能讓變大的亞斯爺爺睡覺就好！」

「那就不叫普通的房子了。」

這孩子依然我行我素。

聽見卡蓮與女性組溫馨的對話，不只我，吉拉多也笑了。

「小孩子天真無邪的，真可愛。啊，我有為各位安排停車的地方，請把馬車停在那棟建築物裡。」

那棟建築物挺大的，不愧是用來停城裡的馬車和供馬休息的場所。

那裡有塊空地能停我們的馬車，於是我帶著艾米莉亞過去，停好馬車後開始做防盜措施。

有數名傭人在周圍保養城裡的馬車和打掃，我一邊動手一邊觀察……

「看起來沒有異狀。」

「天狼星少爺，我這邊好了。」

「嗷！」

「知道了。回去吧。」

從傭人的態度看不出城裡有什麼異狀，雖然他們被北斗嚇了一跳。這裡也跟街上一樣，維持著表面和平嗎？

我仍然戒備著周遭，回到其他人身邊，從遠處觀察我們的吉拉多感慨地點點頭。

「乍看之下是一般的馬車，實際上卻經過各種改造呢。請問您們剛剛在做什麼？」

「防盜措施。那輛馬車等於是我們的家，要是有人擅自調查內部或者偷東西，我會很傷腦筋。」

「我能理解冒險者會擔心這個，您大可放心。這座城堡之中，沒有會偷竊的卑鄙小人。就算有，桑傑爾殿下也不會允許。」

面對這種可能會被覺得沒禮貌的發言，吉拉多也沒有生氣。

他還說如果我們會擔心，可以派人來顧馬車，我轉頭看著身旁的夥伴詢問：

「北斗呢？我個人是想帶牠一起進去。」

「要放百狼進城實在有困難。待在對面的馬廄可能也會嚇到馬，讓牠在中庭自由活動如何？」

「這樣好嗎？萬一有人不知道北斗先生來了，會引起大騷動喔？」

「我不認為有東西能繫住這麼大隻的狼，至於其他人我會負責通知，請各位放心。」

「不，這裡也算在城內，我想避免刺激其他人。北斗，不好意思，麻煩你待在馬車旁邊。有什麼事就照你的判斷行動。」

「嗷！」

雖然我早就料到了，果然不能帶北斗同行嗎？可是為了以防萬一，顧好馬車也很重要，確實該把北斗留在這裡。

北斗叫了聲表示「交給我吧」，我們在牠的目送下進到城內，結果馬上就出狀況了。

「難怪我感覺到奇怪的氣息……吉拉多，你到底在做什麼！」

急促的腳步聲在我們從正門踏進大廳的同時響起，一名身穿堅固鎧甲的男人怒吼著衝過來。

男人留著一頭短髮和鬍鬚，從臉上的皺紋推測，年紀不會低於五十。

那強壯的身體比雷烏斯還要壯一圈，再加上銳利如鷹的眼神，完美體現了武人一詞。

男人的氣勢強大到站在原地就能嚇哭小孩，一跑到我們面前就質問吉拉多，當事人卻泰然自若，悠哉地笑著問：

「哎呀，弗特先生。怎麼這麼著急？」

「少給我裝傻！這群外人到底是誰！」

「這幾位嗎？他們是桑傑爾殿下招待的客人。」

「我怎麼不知道！你聽好，不准在召開國際會議的重要時期擅自行動，即使是桑傑爾殿下的命令也一樣！而且你竟然沒有通知我，成何體統！」

「不好意思，因為我趕時間。」

從這場爭執推測，名為弗特的男人在城裡似乎有相當高的職位，對於我們受到邀請一事卻全然不知。

老實說，我認為弗特是對的。在各國重要人物齊聚一堂的狀況下隨便邀請外人進城才奇怪。

兩人的問答持續了一段時間，弗特長嘆一口氣，然後狠狠瞪向我們，大概是因為吉拉多一直顧左右而言他，放棄逼問了。

「哼，問你也沒用。所以，你們究竟是什麼人？」

弗特釋放出不容說謊的視線及魄力，嚇得卡蓮躲到我背後。

我懷著希望她總有一天能習慣這種場合的願望，撫摸卡蓮的頭，直接承受他的威嚇。

「我叫天狼星。他們是我的同伴，我們是被桑傑爾殿下邀請來的。」

「……哼，毫不畏懼嗎？仔細一想，這可是你特地去迎接的人。看來有兩把刷子。」

「那當然。天狼星先生和雷烏斯先生，在去年的鬥武祭分別奪得冠軍及亞軍。」

「什麼!?原來如此……那我就能接受了。」

聽見我們在鬥武祭上的成績，弗特點點頭，這男人好像光用看的就輕易看穿我們的實力。

然而，得知我們的身分後，弗特仍未放鬆警戒，瞪著我們指向城外。

「但未經國王的允許，不能進入城內。雖然這樣對客人不太好意思，麻煩你們先移動到城外，我去跟陛下——」

「慢著，弗特。他們是安全的。」

「唔!?」

「啊……」

突然有人從旁插嘴，弗特立刻朝聲音的主人單膝跪地，低下頭。莉絲也馬上回頭，我慢了半拍才跟著看過去，看見帶著梅爾特的莉菲爾公主。

不過制止弗爾特的人並非莉菲爾公主，而是站在她旁邊的金髮女性。

「他們是莉菲爾的臣子、朋友。其他近衛都請到這座城內了，放他們進城理應也無傷大雅。」

「只有這男人是她的家臣吧……？在這麼重要的時期讓不相關的人進城，我認為不太妥當。」

「我以艾琉席恩王女的身分保證他們值得信任。若有什麼意外，我願意負起全責。」

「看，莉菲爾都這樣說了。我也拜託你，希望你睜一隻眼閉一隻眼。」

「唉……我明白了。」

在高貴又充滿威嚴的金髮女性及莉菲爾公主的要求下，弗特勉為其難地退讓。長年在城裡工作的弗特對她行了臣下之禮，由此可見，她就是聖多魯的下任國王繼承人之一，茱莉亞王女。

我之所以有信心斷言，是因為這名女性跟情報販子說的一樣，是人人稱羨的美女。

璀璨的美麗金色長髮在後腦杓綁成一束，不只英氣風發的口吻，連身上穿的都是男裝，乍看之下儼然是帥氣的王子，這些因素卻絲毫不損她身為女性的美貌。

不只男性，連女性都會為之著迷的美貌，令妻子們看得出神，卡蓮則咕噥著「這個人好帥好漂亮」，用閃閃發光的雙眼凝視她。

本來我說不定也會跟著讚嘆，莉菲爾公主卻緊盯著我，導致我沒有心思想這麼多。

『你們來啦。狀況有變，詳情我等等再說明。按照昨晚商量的計畫，配合我行動。』

『好的。』

我們沒有開口，單憑視線溝通，發現三位聖多魯人正在以茱莉亞為中心激動地交談。

茱莉亞好像說了什麼不該說的話，遭到另外兩人猛烈的抗議。

「請審慎思考！您的壞習慣就是愛隨便跟人下戰帖！」

「我同意弗特先生。而且，應該要先讓他們謁見招待他們進城的桑傑爾殿下吧？」

「只是小試身手罷了，弗特也對鬥武祭的冠軍有興趣吧？哥哥有急事要處理，現在很忙，耽誤一些時間不會有問題的。」

茱莉亞沒有向一頭霧水的我們說明情況，帶著從容不迫的笑容走過來。

「莉菲爾跟我聊了許多各位的事。方便的話，希望你們陪我過幾招。」

從那清新的外貌還真看不出來，這位公主殿下如此好戰。

在那之後，要去找主人的吉拉多先行離開，我們則來到城裡的士兵使用的訓練場。

茱莉亞單手拿著訓練用木劍，笑著站在畫在地上的巨大圓圈中央。順帶一提，弗特本來說要去徵求國王的同意，最後還是跟了過來，大概是擔心王女。

「這裡應該就不會有人妨礙了。來吧，讓我們盡情打一場！」

「等等，公主殿下！不能盡情打一場，請先制定規則。」

「說得也是。那就打到雙方站不起來為止……」

「咳咳！擊中對手的肩膀或腹部，或者離開地上的圓圈就算輸吧。」

弗特看起來是個嚴厲的人，現在卻像個任由茱莉亞擺布的可憐人。讓人想到某位下任女王跟她的青梅竹馬近衛。

我頓時備感溫馨，不過現在該關注的是茱莉亞的劍技。

剛才她揮了幾下劍當成暖身運動，確實是與劍姬之名相襯的劍法。

由於茱莉亞貴為王女，我本來以為她應該只跟人類交手過，俐落的動作及技術卻推翻了我的猜測。聽說她在數年前魔物氾濫時，也大顯身手了一番，我敢肯定這必非誇飾，而是事實。

身經百戰的精湛劍法幾乎找不到破綻，正面跟她對抗，想必會陷入苦戰。

然而，站在茱莉亞面前的人並不是我……

「哦……這把木劍挺堅固的嘛。那我可以稍微拿出全力了。」

「是我叫人訂製的。憑這把劍，即使是赫赫有名的剛破一刀流，應該也承受得住。」

而是得知茱莉亞被譽為劍姬，對她產生興趣的雷烏斯。

補充說明一下，雷烏斯擋在她面前的理由還是老樣子，「想跟大哥打，先打倒我再說」。

看到雷烏斯的大劍，茱莉亞察覺他用的是剛破一刀流，一口答應了，因為她原本就打算跟雷烏斯交手。

我們在不遠處觀戰，吉拉多不在場，弗特顧著擔心茱莉亞公主，注意力沒有放在其他人身上，所以我趁這個機會和莉菲爾公主分享情報。

「今天早上，我得知那個吉拉多離開城堡了。我猜他說不定是想去找你們，急忙派賽妮亞出去，看來是正確的決定。」

「是的，他的動作快到簡直像早就知道我們要來。會提高戒心很正常。」

「嗯，雖然他未必是敵人，萬萬不可大意。在賽妮亞查到什麼前，都要謹慎行事。」

我們小聲交談，以免遭到懷疑，在討論到一個段落時，雷烏斯和茱莉亞的模擬戰揭開序幕。

我看著雙方用木劍激烈互擊，提出剛才浮現腦海的疑惑。

「話說回來，放著他們兩個切磋沒問題嗎？對方可是這個國家的王女，要是她受傷，麻煩不就大了？」

「這是她自己決定的，別太過火就好。而且，我不覺得雷烏斯能輕易戰勝茱莉亞。」

「姊──莉菲爾殿下跟她是什麼關係？」

「不久前交到的好友。我們聊過幾次，一下就氣味相投。」

我覺得她外表看起來挺年輕的，但茱莉亞和莉菲爾公主好像同歲。

國家不同，尤其是身分高貴的人，很容易勾心鬥角，流於表面上的關係，不過這兩個人好像成了真正的摯友。

交到年齡及身分相近的好友，莉菲爾公主很高興的樣子，愉快地為我們說明。

據她所說，茱莉亞是非常老實、值得信賴的女性。

「她身為王女，思考模式卻接近劍士或騎士，如你所見，是個擁有王族氣概的人才。只不過……她有點太在意自己的性別。」

「在意性別嗎……？」

「啊……嗯，忘了這件事吧。總之茱莉亞一遇到強者，就會忍不住跟人家下戰帖。我們第一次來到聖多魯城的時候，她也像剛剛那樣說要跟梅爾特比一場。」

她感覺到梅爾特散發的強者氣勢，向他發起挑戰。

比賽結果由待在莉菲爾公主旁邊的當事人告訴我們。

「說來難堪，我輸得一敗塗地。她沒有剛劍先生那種超乎常人的力量，面對那精湛的劍技，我卻束手無策。」

「你還是撐了一段時間呀。茱莉亞也說想找你當她的近衛。」

「我只打算侍奉公主殿下……莉菲爾殿下一個人。」

「呵呵，很好。」

雖然我沒看過他戰鬥的模樣，連受過萊奧爾爺爺訓練的梅爾特都打不過茱莉亞嗎？

為自己說的話感到羞恥的梅爾特馬上板起臉，看著正在戰鬥的雷烏斯嘀咕道：

「那個人真的很強。接在我後面跟她交手的亞比特雷國王子——奇斯殿下也很強，卻一下就輸給了她。」

「不只獸王，他也來了啊。然後跟梅爾特先生一樣，接受她的挑戰。」

「看來你們也認識他。對對對，講到這個我想起來了，莉絲在信上提過的那孩子……跟雷烏斯成為朋友的艾爾貝里歐也和茱莉亞較量過。」

「艾爾貝里歐？他為什麼跑到聖多魯了……」

「詳情我不知道，好像是聖多魯主動提議找他來參加這次的國際會議。」

艾爾貝里歐。

這名青年住在我們於旅行途中路過的港都帕拉多，是我的徒弟之一。我們在超過一年前跟他分別，當時他和住在隔壁城市的青梅竹馬結婚，繼承父親的地位，成為帕拉多的城主。

艾爾貝里歐對雷烏斯來說是稱得上戰友的死黨，他聽了應該會很高興。我當然也是，心中的疑惑卻勝過了喜悅。

老實說，我不認為艾爾貝里歐的故鄉是足以受邀參加國際會議的大國。難道隔著迪涅湖相鄰的帕拉多和羅馬尼歐……這兩座城市合併成一個國家了嗎？

不對……假設真的是這樣，也不可能短短一年就成長為得到大國承認的國家。照理說得耗費數年才能變成大國，為人所知。

「我知道你在想什麼。艾爾貝里歐被叫來似乎有其他原因，與國家無關……哎呀。」

「天狼星少爺！雷烏斯他……」

莉菲爾公主看起來知道內情，雷烏斯那邊的情況卻有了變化，因此我們暫時將注意力放在雷烏斯和茱莉亞的比賽上。

起初他們像在測試對方的力量般，用木劍互擊，茱莉亞在掌握雷烏斯實力的同時開始加快揮劍的速度，逐漸壓制雷烏斯。

「你們看！那個人的劍看起來比雷烏斯哥哥還多！」

「茉莉亞殿下的動作……好壯觀。不只迅速，還有種神奇的美感。」

「技術如此精湛的劍士相當罕見。這個對手對雷烏斯來說是不是有點難對付？」

雷烏斯經常與我切磋，習慣面對動作迅速的敵人，茉莉亞的劍技則在此之上。

她揮劍的動作粗魯如暴風，卻俐落地瞄準要害，憑藉緩急交錯、沒有規律性的行動，將雷烏斯玩弄於股掌之間。

「怎麼了！剛破一刀流只是用來防守的流派嗎？不是吧！」

「唔……」

面對如此強大的茉莉亞，雷烏斯光顧著抵禦攻擊就分身乏術，更遑論進攻。

他不只用木劍應戰，還以手臂防禦，避免攻擊直接命中，卻慢慢被逼入絕境……一步步後退。

「雷烏斯難得趨於守勢呢。他果然另有打算嗎？」

「嗯，似乎在伺機而動。他看起來有把我教的知識運用在實戰上，不過……」

雷烏斯在找機會一擊逆轉戰況，可惜看不穿對手的劍路。

茉莉亞將只能防禦的雷烏斯逼到圓圈的邊緣，揮劍決定勝負。感覺有點太硬要，大概是想親手打敗他，而不是靠把對手逼出界獲勝。

沒有一絲大意，試圖確實擊倒對手的這一劍……

「能正面承受我的攻勢這麼久的人，你是第一個！不過到此為止——」

「喝！」

跟雷烏斯由下往上抬起的木劍相撞，發出響亮的聲音飛往上空。

「……什麼!?」

「竟然擋下了那一劍!?」

茱莉亞的劍不僅速度驚人，還會夾雜假動作，想擋下絕不容易。

即使如此，雷烏斯還是成功防住了，因為他跟我做過無數次的模擬戰，身體吸收了那些經驗。

不斷防守，觀察對手的動作、習慣、呼吸，從以往的經驗預測對手接下來的行動，抓準短暫的破綻彈飛她的劍。還不是靠蠻力，而是瞄準劍柄的底部，手段與我相似。

我在內心稱讚他，雷烏斯對驚慌失措的茱莉亞揮下木劍……

「這樣就……分出高下了吧？」

木劍在打中茱莉亞肩膀的前一刻停下。

比賽前制定的規則是打中對方一擊就算贏，該說不出所料嗎？雷烏斯似乎打算點到即止。

「……你什麼意思？為什麼要停下？」

「沒為什麼，我已經贏了吧？」

任誰來看，剛才那劍都決定了勝負，如雷烏斯所說，沒必要真的打中。

如果這是在互相廝殺，或者對手是自己憎恨的對象，自然另當別論，不過雷烏斯被我們教成一個不會隨便傷害女性的孩子，他會這麼做很正常。

簡單地說，這是他溫柔的表現，可是莉菲爾公主剛才介紹過茱莉亞的個性……

「別開玩笑了！既然定好了規則，身為劍士就該遵守規則全力應戰！我要求重來一次！來，對我揮劍吧！」

「沒差啦，只是練習賽而已。而且為什麼我要打女人，又沒有意義！」

「與性別無關！看來你沒有感受到我有多認真。事已至此，就算必須來硬的，我也要逼你動手！」

不出所料，她被惹怒了。

她氣勢洶洶，導致雷烏斯轉身就逃，茱莉亞卻憤怒地追上去。兩人都跑到了界外，已經把練習賽忘得一乾二淨。

突如其來的鬼抓人，令人懷疑剛才那場精采的練習賽是怎麼回事，莉菲爾公主抱頭看著這一幕。

「啊……果然惹她生氣了。他們於好於壞都是個正直之人，我一點都不意外。」

「姊、姊姊，沒問題嗎？雷烏斯不會因為惹王女生氣，等等受到處罰吧？」

「茱莉亞討厭靠權力壓人，這一點不用擔心。所以她才會像那樣自己去追雷烏

斯。」

至今以來，茱莉亞都沒有行使王女的權力，光憑實力就讓對手屈服。莉絲因為過於擔憂，不小心直接叫她姊姊，看到莉菲爾公主的態度一如往常，稍微鬆了口氣。

至於艾米莉亞，明明弟弟正在被人追著跑，她卻冷靜地繼續觀察。

「剛才茱莉亞殿下說了『與性別無關』，莫非您說的在意性別就是指這個？」

「對呀，平常她不會氣成那樣，但她是真心厭惡在戰場上被當成女人對待。因為比起王女，她更以身為一名劍士為傲。」

跟茱莉亞交手過的艾爾貝里歐和奇斯，也因為對手是女性而不敢拿出全力，不過見識到她的劍技，兩人便被迫理解自己的想法太過天真，沒有跟雷烏斯一樣不小心說錯話。

「茱莉亞剛開始學劍的時候，有人因為她是女性而手下留情，有人看她不順眼，瞧不起她。她為了憑實力回敬那些人，才拚命鍛鍊自己。」

看她那麼激動，小時候八成吃了不少苦。

除了天資聰穎外，她能變強到這個地步，也要多虧那不服輸的個性吧。某種意義上，真是可怕的執念及上進心。

「等等……我出界了啦！我跑出圓圈了，是我輸了！」

「沒錯，公主殿下！請您立刻收劍！」

「我拒絕！在你打中我之前，休想要我停下！」

「就說不要了！」

弗特的制止也半點效果都沒有，茱莉亞應該是無論如何都想親手打中雷烏斯。放著不管，她可能會追人追到天涯海角。

不久後我才知道，這就是雷烏斯的災難……不對，女難的開始。

「為了讓自己輸掉而追殺對手，好驚人的情況。」

「一本正經……已經不足以形容她了。」

「欸欸欸，雷烏斯哥哥在玩鬼抓人嗎？卡蓮可不可以加入？」

「不行喲。那種鬼抓人對妳來說速度太快了。」

耀眼的美貌及氣質，導致茱莉亞給人一種難以接近的感覺，現在的她看起來卻是個少女，不如說是小孩子。可以理解卡蓮想加入的心情。

「來吧，砍了我奪得勝利！」

「我怎麼覺得不太對勁！大哥！別看了，快救我！」

「這點小事就求救，不是贏過我的人該有的行為！」

「妳在做的才不是輸給我的人該有的行為！」

終於被追到牆邊的雷烏斯，用空手奪白刃擋住茱莉亞的劍，向我求救。

正當我想著是時候阻止她了……

「茱莉亞，妳夠了！」

「⁉」

不同於弗特的宏亮聲音響起，茱莉亞總算停止動作。她因此冷靜下來，慢慢離開雷烏斯，愧疚地深深一鞠躬。

「……抱歉。我不小心失去理智，給你添了麻煩。」

「喔……沒關係啦。我也學到很多。」

「是嗎？那就好。對了……雖然這個要求有點厚顏無恥，你願意再跟我交手嗎？下次我想勝過你。」

「要先去問大哥，不過有時間的話，我也想麻煩妳。因為跟妳……呃，跟您切磋感覺也能幫助我變強。」

「哈哈哈，用不著那麼恭敬。我也知道以我的身分，這樣講太強人所難，但我希望你盡量把我當一般人對待。」

儘管吃了不少苦頭，雷烏斯八成是被她的劍技吸引了。他們握著手表示對對方的認同，這時，制止這場騷動的人現身了。

是名年約二十，金色短髮用髮油之類的東西往後抓的精悍男子，身旁跟著剛才先行離開的吉拉多，由此可見，他應該就是找我們進城的聖多魯第一王子——桑傑爾。

桑傑爾擺著一張臭臉，走到笑得心滿意足的茱莉亞旁邊，賞了她的頭頂一記手刀。

「現在哪是握手的時候！茱莉亞，他們可是我招待的客人。未經我的同意，不准擅自跟人家打起來！」

「我只是因為你在忙，弗特又懷疑他們，想要證明他們的清白。」

「真會耍嘴皮子。算了，那妳對這些人有何看法？」

「……我認為他們值得信任。雷烏斯先生筆直的劍路，唯有正派人士才使得出來。」

「是嗎？儘管不想承認妳的眼光，既然妳這麼說，那群有意見的人應該也會閉上嘴巴吧。」

茱莉亞看人的眼光在城裡好像很有名，只要宣布她認同我們，提防的人就會減少。雖說只是在鬧著玩，實力如此強大的茱莉亞閃都不閃，乖乖承受他的手刀，可見兄妹倆感情並不差。

或許是因為從結果來看少了件麻煩事，讓他心情稍微變好了，男子走到我們面前，抱著胳膊豪邁地露齒一笑，開始自我介紹。

「被茱莉亞搶先一步了，我叫桑傑爾。你就是鬥武祭的冠軍天狼星對吧？」

「是的，我叫天狼星。她們是我的妻子……」

我簡單介紹完其他成員，桑傑爾終究是男人，直盯著艾米莉亞和菲亞。

如果他叫我把人讓出來，我會全力反抗，但他眼中沒有那麼強烈的慾望，稱讚著她們的美貌，看起來純粹在欣賞美女。他貴為泱泱大國的第一王子，倒還挺識相的。

看了一會兒後，他似乎滿足了，將目光從我的妻子身上移開，對旁邊的吉拉多說：

「連冒險者都娶到這麼多美女，要不要跟人家學學？」

「不，我不認為我這種人能給予女性幸福。比起這個，讓他們待在這是否不太妥當？」

「噢，說得對！總之，感謝各位遠道而來。歡迎，雖然不小心讓你們見笑了。」

「謝謝您。我想請問，您為何要邀請我們？吉拉多先生說您想跟我們聊聊，卻不肯透露詳情。」

「沒什麼，只是想打聽一下鬥武祭的事，順便問你們要不要在我手下做事。」

吉拉多都知道了，照理說，他不會不知道我歸順於誰，竟然還面不改色地挖角。不曉得是太天然還是另有策略，也許這種強硬的態度，正是讓吉拉多他們這樣的英雄願意服從的祕訣。

即使是一國的王子，我毫不打算侍奉尚未弄清楚底細的人，還是推掉吧。

「不好意思，容我拒絕。因為我是莉菲爾殿下的臣子。」

「沒錯，竟然敢當著我的面挖角，挺大膽的嘛。」

「哈哈哈，抱歉。我一看到強者，就會想拉攏到我這邊。」

這種情況實在不能默不作聲。莉菲爾公主笑著譴責他，桑傑爾卻面不改色地一語帶過。

大家開始遠離面帶笑容，視線卻飄出火藥味的兩人，看來只能由身在中心的我出面阻止。

「啊……不好意思打擾一下，要不要先換個地方？」

「天、天狼星先生說得沒錯，桑傑爾殿下！而且餐點也快準備好了……」

「……對呀。站在這邊不能好好說話。」

「嗯，差不多該吃晚餐了，換個地方慢慢聊吧。我叫城裡的人煮了能讓各位滿意的餐點，敬請期待……」

混亂的情況好不容易平息，就在桑傑爾邁步而出，準備為我們帶路時，一名傭人突然慌張地跑到他面前。

「桑傑爾殿下，原來您在這裡！大事不妙！」

「別這麼大聲。到底有什麼事？」

「那個，亞修雷殿下他……」

「又來了嗎!?可惡，盡給我添麻煩！」

那名傭人……我就覺得在哪裡看過，是剛才我們停馬車的時候，在附近工作的男子。

男子緊張地接著說明，在不遠處整理儀容的雷烏斯和茱莉亞也回來加入對話。

「哥哥，亞修雷怎麼了嗎？」

「他好像又在為所欲為，對周圍的人造成困擾。我得去阻止他，你們最好也一起來。」

「我們也要去嗎？可是，我們還沒見過亞修雷殿下……」

「我愚蠢的弟弟在你們的馬車前面引起騷動，這樣還不來嗎？」

「馬車？該不會……」

先不說內部，我們的馬車從外表看來平凡無奇，怎麼想都不覺得會吸引亞修雷的興趣。

也就是說，那場騷動可能與北斗有關，因此我們回到停馬車的地方……

「唔！竟然看都不看這塊肉一眼，不愧是百狼。不過，我還有辦法！」

「嗷嗚……」

看見被拿著肉塊的金髮青年糾纏，困擾不已的北斗。

青年只是保持一定的距離觀察牠，其實還不到糾纏的地步，但有人兩眼發光在身邊晃來晃去，想必很煩人。

「那個白痴。身為王族還跟小孩子一樣大吵大鬧……」

「喔喔……好厲害的魔物！真想騎著牠在戰場上奔馳！」

「……原來他在這。」

看他們的反應，那名金髮青年疑似就是聖多魯國的第二王子——亞修雷。

不害怕北斗，想要接近牠的膽量固然令人驚訝，我的心思卻放在另一件事上。

「我早就知道他不是一般人……真是出乎意料。」

「欸，大哥，那個男的……」

「嗯，不過別再說了。」

儘管服裝及髮型截然不同，那獨特的氣質及言行舉止，我不可能認錯。

「難怪他知道那麼多內情……果然如此。」

像小孩似地在北斗旁邊興奮大叫的亞修雷，是昨晚我遇見的情報販子。

「對食物沒興趣的話，來跟我玩吧！你看，這顆球看起來很好玩喔！」

亞修雷沒發現我們過來了，收起肉塊，拿出用布做的球。

想靠跟牠玩來打好關係是不壞，可惜北斗比起球，更愛玩飛盤。再補充說明一下，只要我沒叫北斗自由行動，牠就不會跑去玩，亞修雷在做的事可以說毫無意義。

北斗看著球和亞修雷，維持坐姿不為所動，亞修雷不甘地握緊拳頭。

「…………嗷。」

「這招也沒用！隨便亂摸牠感覺會逃掉，果然該找找看飼主嗎……」

「亞修雷，你在那裡做什麼？」

「……嗯？喔喔，哥哥和……姊姊也在啊。你看，牠就是那個百狼喔？不覺得很厲害嗎！」

「嗯，確實是隻威風的狼！聽說百狼是人稱神之使者的生物，可以理解為何會被這樣稱呼！」

「茱莉亞，妳可不可以冷靜一下！亞修雷也快點過來！」

被哥哥叫來的亞修雷悶悶不樂地走向這邊，北斗鬆了口氣。

牠八成是覺得貿然趕走人家會把事情鬧大，才一直忍耐。北斗略顯疲憊地往我身上蹭，我摸摸牠的頭慰勞牠。

「嗷嗚……」

「乖乖乖，辛苦你了。」

有兩個人──不對，有三個人羨慕地看著我們。

一個是正常運轉的艾米莉亞，剩下兩個是茱莉亞和亞修雷，害我怪不自在的。

順帶一提，雷烏斯是男性，所以被我摸只會高興，不會羨慕。

「唔……我也好想像那樣摸牠！」

「有種不同於龍族的威嚴。我也想摸摸看！」

「拜託你們，有點王族的風範……」

面對怎麼看都是個大齡兒童的妹妹與弟弟，桑傑爾深深嘆息。

他們不冷靜下來就無法對話，因此我徵求北斗的同意，呼喚兩眼發光的聖多魯姊弟。

「茱莉亞殿下和亞修雷殿下有興趣的話，要不要摸摸看？北斗也說沒關係。」

「可以嗎!?真的可以抱牠對吧！」

「呃——前提是北斗沒有真心排斥……」

「是嗎！那我就不客氣了！」

一聽見我的回答，茱莉亞就露出彷彿要前往戰場的勇猛目光，衝向北斗。

至於亞修雷，本以為他會立刻撲過去，他卻走過來要求與我握手，表示謝意。

「哎呀——不愧是能收服百狼當從魔的男人，真是心胸寬大。我覺得我能和你成為好朋友！」

「這是我的榮幸，但您好像有點太靠近了……」

「……你遵守約定了呢。小哥果然跟我想的一樣。」

最後這句話是用其他人聽不見的音量說的，從他提到約定一詞來看，亞修雷果然是我昨晚遇見的青年。

堂堂的王子怎麼會出現在那種地方……我的腦中浮現疑惑，亞修雷確認哥哥和姊姊沒在注意這邊後，露出有點嚴肅的表情說道：

「抱歉，麻煩你假裝昨天晚上沒遇到我。要是被哥哥他們發現，會衍生出很多麻煩。」

「我都收取情報當代價了，會盡量保密。」

「謝啦，那就請你遵守約定，讓我摸摸百狼囉！」

「請不要太用力。是說……茱莉亞殿下很激動地跑過去了，放著她不管沒問題嗎？」

「別管她。別看她那樣，她超喜歡可愛的東西。」

茱莉亞異常興奮，疑似是因為她很想摸動物，卻從來沒有滿足地跟動物交流過。可愛的動物或魔物類，會因為她無意間釋放的壓力，反射性嚇得逃跑。跟我說明理由的亞修雷也以不輸給姊姊的速度接近北斗。

「這一刻終於來臨！先從前腳摸摸看好了。」

「多麼柔順的毛！怎麼樣？要不要成為我的雙腿，與我共同在戰場上馳騁？」

「除了毛以外，北斗的肉球也很好摸喔。大姊姊大哥哥要摸摸看嗎？」

「我很有興趣！請務必讓我摸摸看！」

「我也要我也要！拜託囉，小妹妹。」

不知不覺，卡蓮也加入其中，開始指導北斗的摸法。

我有點頭痛，兩人的兄長聖傑魯應該比我更加困擾。

「唉……太不像樣了。明明流著同樣的血，這兩個人為何如此不知自制？」

「我能體會您的心情……桑傑爾殿下。」

吉拉多閉上眼睛，彷彿在同情可憐的主人。

哥哥看起來很操勞，可是他們能夠毫無顧忌地將想說的話說出來，怎麼看都覺得他們一家人感情很好。實在不像會因為繼承人問題起糾紛的樣子，八成是城裡的重要人物及其親信所致。

我心想「稍微釐清局勢了」，在心中為被兩人——不對，加上卡蓮在內有三個人——糾纏的北斗打氣。

過了一陣子，我們跟心滿意足地和北斗玩過的兩位王族、弗特、莉菲爾公主一行人道別後，在桑傑爾的帶領下來到城裡的餐廳。

城裡有好幾間餐廳，他帶我們去的餐廳是王族專用的特別場所，桑傑爾卻一點都不介意。

「準備好了。那麼，桑傑爾殿下……」

「嗯！來吧，這些是聖多魯引以為傲的廚師們傾盡全力烹煮的料理。別客氣，盡量吃！」

巨大的桌子上擺滿各種豪華料理，我家的大胃王姊弟和卡蓮眼睛都發亮了，難怪桑傑爾這麼有自信。

「……天狼星少爺，我認為沒問題。」

「我也是。大哥，快點開動吧。」

「……好。」

儘管不及北斗，嗅覺敏銳的兩姊弟都聞不出異狀了，我便吃了幾道料理試毒。擁有隨從的我負責試毒或許很奇怪，不過要能分辨毒物並將其吐出，由我來是最適合的。再說，平常用餐時我不先吃的話，其他人就不會開動。

我對送入口中的食物及自己的身體發動「掃描」調查，並未偵測到對身體有害的成分。

餐點都放在大盤子裡面，因此全部嘗過一遍後，我們才為卡蓮盛裝她的份。這時我發現桑傑爾傻眼地看著這邊。

「喂喂，快讓小妹妹吃飯吧。要等到最後才能吃，太可憐了。」

「桑傑爾殿下，冒險者普遍警戒心強。」

「嗯？喔，在試毒嗎？雖然我不知道為什麼是由你來，你好像挺提防我們的。」

「我生性如此，如果讓您感到不快，我向您道歉。」

「無妨，被提防很正常，光是知道你們如此慎重，還有膽子光明正大地在我面前試毒就夠了，哈哈哈！」

雖說有其必要性，當著對方的面試毒是相當失禮的行為。

其實我有一部分也是想挑釁他，揪出他的本性，桑傑爾卻表示這樣反而有挖角的價值，豪邁地笑了。擁有會站在對方的立場思考的寬大心胸。讓人頗有好感。

眾人以這句話為契機開始用餐，津津有味地吃著從來沒吃過的料理，讓吉拉多幫忙倒酒的桑傑爾愉快地說道：

「喂，吉拉多。再拿一瓶這支紅酒出來。你不是說那位妖精小姐對紅酒沒有抵抗力嗎？」

「可是這支酒很珍貴喔？這樣您的份會變少……」

「沒關係。我可沒打算當一個區區紅酒都捨不得的小氣國王。」

「拿您沒辦法。我之後會請人多送幾瓶過來。」

「拜託你囉。」

他們明明是主從關係，講起話來卻像好友一樣輕鬆自在。應該是於公於私都經常在一起。

「兩位感情真好。您們認識很久了嗎？」

「對啊，這傢伙對我來說，比起家臣更接近摯友。畢竟正是因為有他在，我才能回敬身邊的人。」

「不，全是多虧您找到了我。要是您沒有把我撿回來，我早就在街上的角落默默消失了。」

「唉，拜託你有自信一點。別聊我們了，你們也喝吧。我很喜歡這支紅酒。」

「那我就不客氣了……」

「紅酒的話我很樂意喝。」

桑傑爾向我們遞出他在喝的紅酒，只有我和菲亞拿來享用。因為其他人不太喜歡喝酒，卡蓮又還沒成年。

我嘗了口桑傑爾喝的紅酒，好喝得令我忍不住讚嘆，難怪他那麼推薦。

「這……真是支好酒。」

「對呀，我這輩子喝過各種紅酒，它可以排在第一、第二名。」

「這是一年前才研發出來的紅酒。由於材料稀有的關係，每年只能生產數瓶，你們盡量喝。」

「……可以嗎？」

「我想想，以妳的酒量沒問題吧。」

菲亞用眼神詢問我可不可以多喝幾杯，我點頭同意，一面品嘗剩下的紅酒，一面分析聖多魯這個人。

他確實跟我聽說的一樣，以王族來說還有青澀的一面。感覺還控制不住情緒，但只要由冷靜的吉拉多從旁輔佐，就能彌補這個缺點。

而且精神是靠時間及經驗鍛鍊的，等他有所成長，確實有擔任一國之君的資質。之所以有那麼多臣子拿年輕之類的原因當藉口，不肯承認他，是因為這裡人才雲集，檯面上及檯面下有各種複雜的關係在糾纏不清吧。

「這個肉好好吃喔，吃起來跟平常的肉不同！」

「這種魚也很美味，味道挺獨特的。附近應該沒有海才對，是河魚嗎？」

「是跟不遠處的城鎮的漁夫直接購買的。為了維持鮮度，我們下了許多工夫保存魚類。」

「麻煩再幫我添一份。」

「有蜂蜜嗎？」

「當然有。我立刻叫人補充餐點，請稍待片刻。」

至少根據我的直覺，桑傑爾沒有要算計我們的跡象，應該用不著提高戒心。

我悠哉地看著埋頭吃飯的弟子們，決定放寬心享受這場餐會。

過沒多久，用餐時間結束，桑傑爾說要介紹他的部下——剩下兩位英雄給我們認識，我明知這樣有失禮節，還是打斷了他說話。

「深感榮幸，在那之前，可以讓我們先跟莉菲爾殿下說一下話嗎？」

「之後再說也行吧？」

「桑傑爾殿下，他應該有很多事想跟許久不見的主人報告。我認為您該在這時展現您的大度。」

「……沒辦法。之後再派人接你們。」

「那麼等等見。剛才那些人可能會再來糾纏不清，請不要離開他帶各位去的地方。」

桑傑爾和吉拉多要回房間做準備，暫時和我們分頭行動。我們跟著他介紹的士兵，前往莉菲爾公主他們住的房間。

途中沒有遇到什麼問題，順利抵達房間，目送那名士兵敬禮離開後，我輕輕敲門，賽妮亞在應聲的同時打開房門。

「各位，久候多時了。」

「賽妮亞，妳的事情辦完了嗎？」

「是的，剛回來。莉菲爾殿下也剛回來，可以請各位幫忙治癒她嗎？」

我納悶地走進房間，看見莉菲爾公主邋遢地趴在房間中央的桌上，梅爾特在旁邊安慰她。

不久前才跟我們道別的莉菲爾公主，被城裡的重要人物們抓去跟亞修雷吃飯，想必十分疲憊。不過這副模樣實在難看得不符合王族的身分，我們有點不知道該作何反應。

「公主殿下，請您顧一下形象。」

「嗯……被他們看見沒關係啦。你們也別一直站在那邊，隨便找個地方坐吧。」

梅爾特也不像在認真阻止她，八成是身心俱疲了。

當事人都這樣說了，我們便當作沒看到，坐到桌子前面，賽妮亞立刻送上紅茶。不同於艾米莉亞的清爽風味，令我感到懷念，莉菲爾公主終於抬頭掃視我們。

「啊——討厭！那些人毫不掩飾企圖的碎碎念真的超煩的，今天亞修雷王子還一直問我北斗的事，累得要命！」

「姊、姊姊，冷靜點……好嗎？」

「呼……跟亞修雷王子聊天的時候像在陪小孩子玩，沒那麼累，可以說是唯一的救贖。你們那邊的狀況如何？」

莉菲爾公主果然會關心我們，面色凝重地詢問，我告訴她餐會的氣氛和平得令人錯愕。

「可是桑傑爾殿下再三試圖籠絡我們，精神上挺疲憊的。」

「餐點倒挺好吃的。」

「嗯，紅酒也非常棒。」

「蜂蜜也好好吃！」

「……看來你們很享受嘛。」

看見有點緊張，卻純粹在品嘗美食的弟子們，莉菲爾公主露出複雜的笑容，伸手端起紅茶。

「你們好像還沒遇到那些難纏的傢伙。說不定是桑傑爾王子他們怕影響你們的觀感，刻意支開了那些人。」

「不，在餐會前有遇到，雖然不是衝著我們來的。」

「對啊，那些人超跩的。」

其實前往餐廳的途中，有好幾位看桑傑爾不順眼的貴族和城裡的重要人物來糾纏我們。

吉拉多事先說明過會發生這種事，目標又不是我們，儘管如此，跟他們講話實在不太舒服。

『又找了陌生人進來嗎？桑傑爾殿下，請您適可而止。』

『國王陛下都病倒了，您是不是該謹慎一點？』

『確實。而且只不過是外地的冒險者，何必用到那間餐廳。』

表面像在責備桑傑爾擅自行動，卻明顯聽得出不承認他當國王的言外之意。

為了指導他下任國王該有的心態，講話故意不留情……也不是沒有這個可能，但我從那些人身上感覺到過於強烈的自我意識，或者說是覺得自己比較優秀的驕傲心態。

他們當然也是因為有能力，才會被請到城裡工作，可是比起提升自我往上爬，那些人看起來更關心要怎麼把其他人踹下去。說實話，我這個外人都會擔心光靠這些人，真的有辦法支撐一個國家嗎？

病倒的國王和三位繼承人，看到這個狀況會怎麼想？

我將短時間浮現腦海的想法及各種疑問告訴莉菲爾公主，她用力點頭，彷彿在說自己的直覺是正確的。

「你果然也這樣想。其實我也覺得城裡的人個性太集中了。誰都喜歡優秀的人才，不過這裡全是自我中心的人，一點都不平衡。」

「人才眾多不是好事嗎？」

「站在個人的角度來看，或許是這樣沒錯，但這可是一個國家喔？就算有一堆人才，沒人負責統率他們就沒意義了。」

明明該聯手治理國家，聖多魯卻全是滿腦子想著扯別人後腿，讓自己爬得更高……野心強大的人。

國王的任務就是管理那些人，將他們分配到合適的職位，加以調整，如今國王卻病倒了，才會導致家臣失去控制——以上是莉菲爾公主的推測。賽妮亞接著報告她蒐集到的情報。

「據我調查，最近官員的職位及地位更動了好幾次，有好幾個人離開城裡。」

「或許是因為這樣吧，現在城裡分裂出好幾個派系。」

等待國王康復的派系、支持各王子及王女的派系、企圖自己奪得王權的派系，聖多魯城陷入一片混沌。

再補充說明一點，表面上沒有異狀也是個大問題。肉眼看不見，反而很難注意到根部已經腐爛、地基正在塌陷。

「我不懂治國，總之就是非常麻煩的狀態吧？」

「一言以蔽之，正是如此。」

「目前你們還沒有正式被捲進來，但有些人會擅自行動，如果有人問你們問題，不能隨便回答喔。哎，相信茱莉亞大概就行了。」

「大哥，我也覺得可以相信茱莉亞王女。雖然她把我整得那麼慘，那個人的劍法漂亮又正直。」

「是嗎？你這方面的直覺挺準的。」

茱莉亞也是透過雷烏斯的劍選擇相信我們，應該可以不用提防她。雷烏斯則是在另一種意義上需要對她多加留意。

莉菲爾公主這麼關心其他國家的問題，除了想保護自己，有部分也是為了好友茱莉亞。看來兩人的友情比我想的更加深厚。

「那桑傑爾王子就繼續戒備，亞修雷王子呢？他感覺是個花花公子，可以放著不管嗎？」

「他好像有自己的考量，只要跟他講道理就不用擔心。還可以提供代價交換情報，適當地保持交流吧。」

「我覺得可行。別看他那麼輕浮，亞修雷王子懂得最基本的禮儀，應該也不會提出強人所難的要求。」

亞修雷對北斗興味盎然，對菲亞卻沒什麼反應。他之前也說過有心上人了，至少不會盯上我的妻子。

只要嚴守祕密，他似乎是個可以溝通的人，打好關係的話，我認為他會站在我們這一邊。

「有很多事要注意，忍到爸爸回來，離開聖多魯就好。記得盡量集體行動。」

莉菲爾公主提供了各種建議，結論就是只要在國際會議結束，離開聖多魯之前大家不要出事即可。必須思考保身之術及對策。

本想接著進入我們來到這裡的正題，莉菲爾公主卻說想要先休息一下。

她不是已經在休息了嗎？莉菲爾公主無視我的疑惑，望向卡蓮對她招手。

「卡蓮，來這邊。」

「嗯？嗯。」

卡蓮乖乖點頭，走近莉菲爾公主，大概是因為她已經知道對方是安全的。

莉菲爾公主把卡蓮抱到腿上，摟住坐在旁邊的莉絲的肩膀，滿足地吁出一口氣。

「呼……好安詳，可惜北斗不在……」

「這種時候可以吃蜂蜜。卡蓮累的時候就會吃。」

「妳不累的時候也會吃吧。」

「呵呵，教育小孩真辛苦。甜食呀……」

莉菲爾公主對我投以意味深長的視線，我苦笑著從雷烏斯手中的袋子裡拿出蛋糕。

賽妮亞馬上切好蛋糕，將大家的份放到桌上，莉菲爾公主眼中開始綻放光芒。莉絲也兩眼發光，姊妹倆的這種地方真的很像。

「就是這個！聖多魯有許多甜點，就是沒有蛋糕。」

「裝飾變得比以前更漂亮了呢。真想叫艾琉席恩的甜點師學習一下。」

「好久沒吃蛋糕了。心懷感激地享用吧。」

眾人拿起叉子，開始吃蛋糕……

「嗯……好吃，而且有種懷念的味道。莉絲，下一口我想要有水果的部分。」

「拿妳沒辦法。來，嘴巴張開。」

「卡蓮想吃有草莓的那塊！」

「好好好。嘴巴張開。」

莉菲爾公主在餵卡蓮吃切成小塊的蛋糕，莉絲則負責餵食莉菲爾公主。

雖然有一堆地方可以吐槽，大家開心就好。

「我們也不能輸！」

「莉絲被搶走了，但憑我和菲亞小姐兩個人，也有足夠的勝算。來吧！」

「又不是在比賽，不用跟人爭。」

三人的恩愛場景，讓人想到在某座小鎮經營餐廳的隨從夫婦，兩位妻子燃起了競爭意識。

這樣下去感覺會舉辦奇怪的比賽，因此我吃完蛋糕，環視房間，向雷烏斯搭話以扯開話題。

「對了，雷烏斯。剛才因為茱莉亞王女的關係害我忘記跟你說，聽說艾爾貝里歐也來了。」

「咦……真的嗎!?」

「嗯，莉菲爾公主告訴我的。他在哪裡呢？」

「不好意思，讓你們白期待一場，艾爾貝里歐不在城裡。他跟爸爸他們一起去前線基地了。」

難怪我感覺不到他的氣息。仔細一想，他在城裡的話雷烏斯說不定會聞到味道。

「……這樣啊。好久沒看到他了，看來還得再等幾天。大哥，我們也能去前線基地嗎？」

「之後去問桑傑爾殿下好了。我個人也很好奇那是什麼樣的地方。」

「我跟他的妹妹聊過幾句。剛來的時候兄妹倆都很緊張，幸好輔佐哥哥的妹妹很能幹。」

艾爾貝里歐有位妻子，似乎沒有跟著來。

莉菲爾公主向我說明是因為帕拉多並非大國，只能帶最少的護衛，就在這時，三位妻子嚴肅地看著雷烏斯。

「雷烏斯，你們很久沒見了，第一次見面的表現很重要。」

「這種時候要由你當護花使者才行。」

「身為天狼星少爺的徒弟，記得不要丟臉。」

「喔、喔！」

「呵呵，那孩子就是雷烏斯的戀人對吧？莉絲的信上有提過。我想知道你們詳細的相遇過程。」

之後，我們邊吃蛋糕邊說明艾爾貝里歐的妹妹——瑪理娜跟雷烏斯的戀愛進度，吃完蛋糕時，我感覺到有股奇妙的氣息在接近這裡。

氣息抵達房間前方的同時，房門被人用力敲響，賽妮亞迅速走過去詢問來者的身分。

「請問哪位？」

「喔，聽這個聲音，是隨從姊姊對吧？開門，本大爺來打招呼了。」

從來沒聽過這個聲音，不過住在城堡裡的莉菲爾公主他們，一下就知道是誰來了。

三人面露警戒，看來不是值得歡迎的對象。

「姊姊，是不速之客嗎？」

「他是在聖多魯被叫做天王劍的男人。民眾好像還會叫他英雄，在我眼中，他就只是一隻野獸。」

「那人叫席岡。講白了點，我也不想看到他。」

「既然如此，別開門不就行了？」

「把他趕回去反而更麻煩。畢竟不管我怎麼想，他在這個國家可是英雄。」

跟謎團重重的龍奏士比起來，天王劍的情報很多。

聽說他是力量與劍技足以和剛劍匹敵的壯漢，亞修雷則說他非常愛拈花惹草，是個看到想要的東西就忍不住，宛如孩童的男人。置之不理的話，他反而會窮追不捨的樣子。

再加上其他人會罵莉菲爾公主不把英雄放在眼裡，也不能假裝不在家。

賽妮亞聽從主人的指示，打開房門，目測年約二十的男子——席岡擺著一張臭臉走進房間。

「真是，本大爺來了就快點開門啊。」

「非常抱歉。我們也正在商量要事。」

「不用那麼緊張，我只是來看桑傑爾找來的客人。」

席岡穿著與英雄身分不符的樸素上衣和長褲，烈火般的紅髮長到背部，結實的肌肉及壯碩身軀，散發出不輸給萊奧爾爺爺的魄力。

看那外表的氣勢及神似野獸的銳利目光，可以理解為什麼會有人把他跟剛劍相提並論，不過說實話我對他的印象並不好。畢竟他看到我的妻子不僅舔了下舌頭，還光明正大貪婪地看著她們。

「哦……早就聽說全是美女，結果比想像中還壯觀。而且不只人族，連銀狼族都有。根本任我挑選嘛。」

「她們是這位天狼星先生的妻子。不是您的所有物，我認為這句話過於失禮。」

「啥？這隻瘦皮猴就是鬥武祭的冠軍？」

他似乎沒把賽妮亞的叮嚀聽進耳裡，看到我便發自內心嚇了一跳。竟敢在城裡的賓客莉菲爾公主的房間隨心所欲，看來這傢伙比我聽說的更加旁若無人。彷彿把天底下的女人都當成所有物的態度，儼然是順從本能活著的野獸。

我站到席岡面前擋住他的視線，他不耐煩地瞪向我。

「喂，你站在那裡會害我看不見女人。閃開。」

「那你可以不要用那種眼神看她們嗎？你的眼神怎麼看都像把她們當成獵物。」

「不不不，我只是想認識她們。只是握個手而已，走開啦。」

他笑著走近，臉上的笑容卻一點都不可信。

我怎麼想都不覺得他只會握個手而已，默默提高戒心，回瞪他表明抗戰到底的決心。莉絲疑似也被盯上了，莉菲爾公主應該會原諒我把事情鬧大點。

面對他的殺氣，我依然不為所動，席岡大概是不耐煩了。他繞過我將手伸向艾米莉亞，本想拍掉他的手……可惜沒那個必要。

「……你好。」

雷烏斯從旁握住席岡的手。

我在內心稱讚他時機抓得正好，手被握住的席岡不悅地瞇起眼睛。

「你幹麼？」

「什麼幹麼……握手啊。你不是來打招呼的？」

「我沒興趣跟男人握手。快給我放開。」

「我才要叫你沒經過大哥的同意，不准靠近姊姊她們！」

「哈！難道你要跟本大爺比力氣？讓我教你認清自己有幾兩重。」

兩人狂妄地笑著，手掌開始施力，發出握手不該有的擠肉聲。

從旁看來，體格大上雷烏斯一圈的席岡比較強，可是雷烏斯每天都會練劍，比外表看起來更有力。

拿出全力的雷烏斯，握力足以捏爛對方的手，席岡卻沒有收起笑容。

「唔……嗚⁉」

「哈哈！看你那麼跩，就這點程度？對了，聽說鬥武祭的亞軍是銀狼族，該不會是你吧？」

「沒錯……就是我。」

「這樣就能贏得亞軍啊。本大爺參賽豈不是穩拿冠軍了？」

看來席岡的力氣超出預料。雷烏斯都痛得皺眉了，席岡卻從容不迫。

雷烏斯的手開始傳出骨頭遭到壓迫的細微聲響，我伸手制止，席岡在那之前放開了手。

「這樣你懂了吧？懂了就讓開。」

「我……還沒輸！」

「雷烏斯，住手。」

「對呀，來，手讓我看看。」

雷烏斯悔恨地呻吟著讓莉絲診斷，我瞪向露出贏家笑容的席岡。

勝過雷烏斯的力氣固然值得稱讚，性格方面似乎得教育一下。

「幹麼？下一個換你？勸你不要，除非你想骨折——」

「席岡，到此為止。」

「嘖……囉嗦的傢伙來了。」

我正想伸手跟他握手，前來關心我們的吉拉多走進房間。

他的表情不像剛才那樣和善，面露怒色，一走到席岡面前就對他怒吼。

「我跟你說過，在桑傑爾殿下傳喚前要安分一點，為何擅自行動？」

「有什麼辦法。城裡的人都在說來了讓人看呆的美女。」

「你不是有對象要陪嗎？她應該今天早上就到了。」

「那女人……回去了。傷腦筋，沒一個女人承受得了本大爺的愛。」

「唉……又來了。不溫柔一點，你的負面傳聞會傳出去，再也沒有女性願意接近喔？」

「怎麼還是這麼囉嗦。你才該嘗嘗抱女人有多爽！」

兩人之間的火藥味愈來愈重，席岡甚至氣得抓住吉拉多的領口，吉拉多卻泰然自若地繼續回嘴。

我煩惱著是否該阻止，最後席岡放棄掙扎，嘆了口氣放開他。光看外表明明是席岡比較強，我卻覺得他們有著明確的上下關係。

「可惡……算了算了！沒興致了。」

「那就好。本來想之後再跟客人介紹你，我看這樣就夠了，你先回房吧。唉……露卡都還沒介紹過。」

「好好好，知道了！今天我就先閃啦。」

席岡毫不掩飾自己的不悅，走出房間，確認他離開後，吉拉多嘆著氣轉過身，向我們深深低下頭。

「真的非常抱歉，我的同伴害各位感到不適。」

「你道歉也沒用。我有很多話想說，總之以後請你盡量管好他。」

「我會的。席岡最近特別過分，是時候處罰他了。這樣他應該會乖一些。」

「怎麼看都是他比較強，虧你有辦法握住他的轡繩。」

「因為我認識他比認識桑傑爾殿下更久。別看我這樣，我年紀比他大，也知道他一些小把柄。」

他們的身高差了兩顆頭，卻是吉拉多更為年長。

吉拉多感慨地咕噥道「初次見面時，他可是個老實又上進的人」，接著大概是想起來到這裡的目的，清了下嗓子重新環視我們。

「對了，各位聊完了嗎？桑傑爾殿下快等不及了。」

「是聊到一個段落了……」

「剩下的之後再說沒關係。先去處理那邊的事吧。」

我偷偷觀察莉菲爾公主的反應，她點頭表示沒有問題。

來到這裡原本的目的，是要保護莉菲爾公主一行人，以及查出她在城裡感覺到的異樣感是什麼，她應該是想叫我們先直接在城裡逛過一遍。

由於沒道理反對，我們便跟莉菲爾公主他們道別，再次前去跟桑傑爾見面。

我們離開莉菲爾公主的房間，在吉拉多的帶領下於城內走動，不知為何，他帶我們從正門另一側的小門走出城堡。

「咦？要出去嗎？」

「桑傑爾殿下在這種地方？」

「城堡後面有我管理的龍舍。我的同伴就在那裡。」

聽見龍，我就大概猜到誰在那裡了。那位英雄因為某些原因，沒有對外公開他的存在，究竟是什麼樣的人？

「有龍嗎！是亞斯爺爺的夥伴嗎？」

「應該是下龍種或中龍種吧，我實在不覺得這裡會有上龍種。」

「卡蓮，在這邊不要太常提到亞斯拉德大人和妳的故鄉喔。」

「嗯。」

我不想透露太多情報給吉拉多，邊走邊叮嚀卡蓮，不知不覺抵達了目的地，那裡有一大間龍舍。

龍舍的門沒關，從門口看得見好幾隻愜意地在裡面休息的龍，卡蓮好奇地看著。

「哦……還以為只有下龍種，看來每隻都是中龍種呢。」

「而且都好大。以那個大小，載好幾個人都沒問題。」

就算是頂多只載得下一人的下龍種，也很少親近人類。

這間龍舍裡卻有三隻接近大型的中龍種，還是凶猛又有名的種類。

一個不小心，別說龍舍了，連整棟城堡都可能被破壞，他們卻直接把龍養在城裡，還這麼安分。可見飼主有好好跟牠們培養感情，悉心調教過。

「天狼星少爺，那裡有人……」

「那就是負責照顧龍的人嗎？可是……咦？」

我們邊走邊觀察趴在地上的龍，艾米莉亞和莉絲發現有人在龍旁邊走動，同時歪過頭。

因為那個人怎麼看都是跟卡蓮一樣的小孩。

看她面不改色地走在龍旁邊，莫非那孩子就是……

「不是的，她是鎮上的小孩，我們僱來調查龍的。另一位英雄——真正的龍奏士露卡在那裡。」

我望向吉拉多所指的方向，看見一名妙齡女子，身穿跟內衣沒兩樣的胸甲及短褲，外面套著一件類似白袍的衣服。

這身裝扮有點像科學家，胸口及大腿的部分露得特別多，害人不知道眼睛該往哪裡看，可是比起身材，她身上有著更引人注日的部位。

「哎呀，你今天帶了好多人來。他們是？」

看見吉拉多，露卡露出笑容，頭上長著一根讓人想到龍的大角。

仔細一看，不只是角，臀部也有一條與爬蟲類類似的尾巴，泛著淡綠色的身體長滿形似鱗片的東西。

「唷……這次又帶了神祕的人來呢。是新的幫手嗎？」

「今天早上不是才跟妳說明過嗎？這位是鬥武祭的冠軍天狼星先生，還有他的夥伴。」

「噢，好像有這回事？這些人……真罕見。」

我們的成員有銀狼族、妖精，甚至連翼人都有。她會覺得罕見很正常。

露卡說著有點恐怖的話，環視眾人，毫不掩飾滿溢好奇心的眼神，往這邊走過來。

「露卡，他們是桑傑爾殿下的客人。別用那種眼神看人家。」

「啊，對不起。我一看到好奇的東西，就會忍不住觀察。」

「人類不是研究對象。雖然跟席岡比起來已經算好了，妳也該學會克制慾望。」

吉拉多的說教使她冷靜下來，清了下喉嚨停下腳步，正式向我們自我介紹。

「我叫露卡。負責管理、照顧養在城裡的龍。」

看來她不是像科學家，而是真的在從事那方面的工作。因為露卡手中的紙上，寫滿疑似龍種觀察紀錄的圖表及文字。

我盤算著有機會的話想讓她讓我看看，報上姓名，露卡看著姊弟倆問：

「好久沒看到銀狼族了。欸，聽說銀狼族相當重視家人及同胞，基本上不會離開故鄉，你們為什麼會出外旅行？」

「因為我是天狼星少爺的隨從。」

「因為我是大哥的徒弟！」

「……艾米莉亞是我的妻子，雷烏斯是我的內弟。所以他們才會跟我一起旅行。」

「原來如此，深厚的信賴關係帶來的結果嗎？超越血緣及同族的羈絆……我很有興趣。」

露卡拿起羽毛筆，在手中的紙上振筆疾書，大概是在記錄感興趣的情報，接著換成艾米莉亞提問。

「不好意思，我想請問……露卡小姐是龍族嗎？」

「嗯？姑且算是。」

「姑且算是？好模稜兩可的回答。」

「我好像是人族和龍族生下的小孩。妳看，我有角和尾巴，背上卻空空的對吧。」

龍族是上龍種變身成人型時的狀態，龍角、龍尾和翅膀還是會留著，不過露卡沒有翅膀。簡單地說，龍族的外型比較接近龍，露卡則更接近人類。

「『好像』？妳的爸媽沒告訴妳嗎？」

「因為，我這輩子從來沒看過父親，連他叫什麼名字都不知道，人族的母親也在生下我之後去世了。雖然我沒辦法變成龍，既然有角和尾巴，我也只能做出這個結論囉。」

「唔……抱歉。」

「不好意思，我代替他們向妳道歉。雖說是因為他們不知道，這個問題太敏感了。」

「沒關係。你們也跟我差不多吧？」

「……為什麼會這樣想？」

「直覺，我感覺得出那種人散發的獨特氛圍。」

不只無父無母，還長著龍角和龍尾，無論如何都會引來注目。她至今以來肯定嘗過各種苦難。所以即使是「直覺」這種不具體的原因，由她說出來便帶有令我忍不住相信的分量。

可是……她真的是人族和龍族的混血兒嗎？

這個世界有各式各樣的種族，異族生下的小孩，種族基本上會跟父親或母親一樣。

例如我的隨從——貓族獸人諾艾兒和人族的迪的小孩，不是貓族獸人就是人族。也有可能生下只有貓耳或貓尾的混血兒，但那種案例非常罕見。

除此之外，龍族不是跟任何種族都有辦法生孩子，龍族首領亞斯拉德跟我說過，人族幾乎不可能懷上龍族的小孩。因此龍族才會跟適合繁衍後代的有翼人一起生活。

簡單地說，露卡這樣的生物不可能存在，但她就在我們面前，我也沒辦法全然否定。世上真的有許多珍奇現象。

「噢……原來如此。難怪她有辦法在這種地方養龍。」

「菲亞也發現了嗎？」

「嗯，她體內流著龍族……上龍種的血。」

住在卡蓮的故鄉時，我看過上龍種亞斯拉德跟桀諾多拉對野生的下龍種、中龍種下達命令。

代表在龍種之中屬於明確的上位者的上龍種，有辦法跟龍溝通。

這裡的龍八成是因為露卡體內的上龍種之血，才會聽她說話。既然能夠對話，剩下就是建立信賴關係了。

我明白她為何在這裡養龍了，不過還有一件事沒搞清楚。

「對了，為何要隱瞞她的存在？我覺得她在各種意義上都很容易被注意到，例如混血兒的身分。」

「因為……那個，說來慚愧，因為城裡的重要人物有意見。有人在吵說拯救聖多魯的英雄是來歷不明的種族，傳出去很丟臉。」

「好像在哪聽過類似的案例呢。」

「借用大哥的說法，就是胸襟狹窄的人？」

簡直像剛進艾琉席恩學園時遇到的，認為人族才是至高無上的種族的那些人。

吉拉多當然有跟桑傑爾抗議，無奈兩人當時的身分及發言都不被人放在眼裡，壓不住結黨成群的蠢蛋。

不過總不能無視為國奮戰的英雄，最後便決定隱瞞露卡的真實身分。

與付出不成正比的待遇使我燃起怒火，當事人卻完全沒放在心上，真的很不可思議。

「被人這樣糟蹋，妳不介意嗎？」

「嗯，都好幾年前的事了，而且現在還可以回敬他們吧？」

「其實我們好幾次想公開露卡的身分……」

「被我拒絕了。我討厭受到矚目，只要能待在吉拉多身邊就好。」

「……各位也聽見了，她自己會排斥，所以我們乾脆維持現狀。露卡明明該享有更好的待遇……太可惜了。」

「我不在意身分和其他人的眼光。幫助你對我來說更重要。」

起初我還以為這兩個人是一對，但根據他們的說法，他們從小就在一起，沒有血緣關係，卻跟家人一樣。

怎麼覺得仰慕吉拉多的露卡給人一種熟悉的感覺？

「好眼熟的畫面。」

「嗯，像天狼星前輩跟艾米莉亞的相處模式。」

「對主人的忠誠心，我在她之上。」

「『不要比這個！』」

為珍視之人奉獻一切的態度，確實和艾米莉亞很像。

艾米莉亞對露卡產生戒心，豎起耳朵，我摸著她的頭安撫她，吉拉多苦笑著補充道：

「當時我非常不甘心，現在卻覺得這樣也不錯。如各位所見，露卡會自然而然吸引男人靠近，貿然公開她的存在，可能會引來一堆蒼蠅。」

「那是因為她穿得很少吧？最好再多穿一點。」

「對呀，至少換成沒那麼暴露的衣服……」

「我喜歡露出肌膚。這件外衣也是吉拉多拜託我，我才勉為其難穿上的。」

「不是，與其穿那麼薄的衣服，不如換上更厚的外套……」

「不用啦，我又不會冷。」

露卡好像耐寒又耐熱，或許是拜龍血所賜。她完全沒把我們的關心聽進去，滿不在乎的樣子，我看是用不著擔心了。

聊了一段時間，我發現卡蓮一直異常安靜。

她本來在高興地觀察熟悉的龍，現在卻有點緊張地盯著一個地方。

「看到龍，她會緊張呀。不用擔心，我有教牠們不能攻擊人，可以靠近點。」

「這孩子不會怕龍……卡蓮，怎麼了嗎？」

「咦!?那個……」

「妳在注意那個女孩嗎？」

卡蓮的視線前方是剛才我誤認為龍奏士，年約六歲的少女，她正在搬運沉甸甸的水桶。

吉拉多說她是僱來幫忙做跟龍種有關的實驗，沒有戴著奴隸會被套上的項圈，衣服雖然很樸素，也沒有遭受虐待的痕跡。

「她是在鎮上僱來的小孩，與我們無關。有什麼好在意的嗎？」

「卡蓮沒什麼機會跟同齡的小孩聊天。她好像在工作，可以讓那孩子陪卡蓮說說話嗎？」

「是可以，不過她很難溝通喔。而且桑傑爾殿下差不多要來了，等等再說吧？」

「露卡，反正我們要討論的事，小孩會嫌無聊，應該要答應客人的要求。」

「唉……知道了。隨便你們。」

我叮嚀過卡蓮在聖多魯城不能擅自行動，所以她拚命壓抑住想跟少女搭話的慾望。

若是在她遇見第一個朋友伊露婭之前，卡蓮大概只會站在旁邊看，不會想找她聊天。開始期待認識其他人，是一件好事。

「那個……初、初次見面！」

露卡下達許可後，我叫卡蓮去找她說話，卡蓮帶著燦爛的笑容走到少女旁邊。

「……誰？」

「我叫卡蓮。妳好。」

「……希娜。」

「希娜？呃……啊，是妳的名字！可以叫妳小娜嗎？」

「……可以。」

「小娜在做什麼？」

「……工作。」

「這、這樣呀。卡蓮在家也會工作，好累喔。」

「……我不累。」

「嗯、嗯。那個……」

「…………」

卡蓮似乎聊不下去了，垂頭喪氣地走回來。

名為希娜的少女一臉疑惑，可見她沒有生氣，也不是被卡蓮惹得不開心。

那名少女八成是不會表達情緒，又極度不擅言詞。面無表情又語氣冷淡的對象，對尚未習慣跟人交際的卡蓮來說似乎太難了點。

「嗚……」

「我懂，別露出那種表情。」

卡蓮拉扯我的袖子，無助地看著我，給她一點簡單的建議吧。

體積遠比自己巨大的龍近在身邊，她卻毫不畏懼，甚至主動接近牠們工作，由此可見，那孩子說不定喜歡照顧龍。

我告訴卡蓮聊對方感興趣的話題或許會聊得比較開心，她似乎看見希望了，打起幹勁，再次挑戰跟希娜聊天。

「欸、欸，小娜不怕龍嗎？」

「……為什麼？龍很帥。」

「果然，卡蓮也喜歡龍。又大又可靠。」

「……我也是。所以照顧龍很開心。」

卡蓮應該是發現面無表情的希娜嘴角微微上揚了，看著希娜的手伸出雙手，乘勝追擊。

「卡蓮也可以幫忙嗎？要餵那隻龍喝水對不對？」

「……水很重喔？」

「這點水卡蓮提得動。」

「……那妳過來。」

安靜又散發獨特氣質的少女，本性其實是溫柔的，接納了卡蓮。

兩人一起提水的畫面十分溫馨，可是這樣沒問題嗎？以小孩子提得動的量，很難讓龍解渴吧。

「大哥，我是不是也該去幫忙？就她們兩個提水，不曉得要提到什麼時候。」

「放心，交給那孩子照顧的，只有一隻剛出生的龍。」

「剛才我聽你們說到實驗，難道是要叫那孩子把龍養大，測試她能不能操縱龍？」

「挺敏銳的嘛。沒錯，我想實驗由同樣是小孩的人類養大的龍，長大會不會聽話。」

基本上，龍種就算從蛋開始養，長大後就不會再聽從人類的命令。

原因眾說紛紜，最普遍的說法是龍長大之後，會本能察覺到人類和龍種之間存在著無法顛覆的實力差距。

既然如此，如果雙方都從小開始一起長大，龍會不會把人類當成家族看待，願意聽他的話……希娜僱用那孩子照顧幼龍，就是為了做這個實驗。

「人類會本能害怕巨大的存在，她卻完全不怕龍。所以我才選了她。」

「也對，害怕對方就無法成為家族了。」

「也就是說，妳想創造第二、第三個龍奏士？」

「能自由操縱龍的人變多，不是很可靠嗎？不管是戰力方面，還是要用來展現實力。」

我們看著兩位少女並肩走進小屋，發現吉拉多突然板起臉戒備周遭。

前一秒和平的氣氛蕩然無存，看來他有什麼要事。

「我有點事想問天狼星先生，請問您現在方便嗎？」

「挖角的話我不會接受喔。」

「不，我只是想知道您真實的感想。儘管您來到城裡還只有半天，您對聖多魯城的現狀有何看法？」

「……不太好。」

城裡都因為繼承人的問題動盪不安了，該支撐國家的家臣，行動卻毫無一致性。

這樣一來，根基遲早會動搖，整個國家很可能逐漸解體——我照他的要求老實回答。

「您果然這樣覺得嗎？我為自己的國家感到羞愧。」

「大國才會遇到這種問題。對了，病倒的國王狀態如何？」

「啊，我也想知道。聽說他臥病在床，有希望痊癒嗎？」

「……不清楚。我們到目前為止試了各種魔法和藥物，陛下已經好幾個月沒睜開眼睛。確定他還活著，但沒人知道會不會有醒來的一天……」

除了城裡的人，吉拉多好像也放棄等待國王甦醒了。

無法查明他昏迷不醒的原因，病情又數個月沒好轉，會這麼想也是無可奈何。

本來不打算太深入，可是聖多魯的國王康復的話，現狀可能會有所改善，等等去跟莉菲爾公主商量要不要幫他治療好了。不過用不著我說，無法對病患見死不救的莉絲，也會主動要求幫他診察吧。

「最近，企圖占領聖多魯的人看國王遲遲不醒來，開始採取行動。各位在午餐前遇到的人就是其中一部分。」

「我就直說了，從眼神就看得出，他們是被慾望沖昏頭的人。那種人萬一當上國王，國家可能會產生巨變。」

「您說得沒錯。為了守護心愛的國家，桑傑爾殿下一直在對抗他們，然而戰友真的太少了……」

「……因此，我想尋求各位的協助。」

從城裡走來的桑傑爾走到我們面前，接在後面說道。大概是遠遠就看出吉拉多在講什麼。

剛才豪爽的笑容如今蕩然無存，他神情嚴肅地對我們說：

「我以這個國家，以父親建立的聖多魯為傲。我不忍心眼睜睜看著它走向滅亡。」

「那就是您想要挖角我們的理由？」

「對，我想要不輸給那些人的優秀人才！跟吉拉多商量後，他聊到了你們。」

「實力從鬥武祭的結果就能看出，而且各位的隊伍裡有銀狼族和妖精這種容易被惡徒盯上的種族，還能安然無恙地繼續旅行。當然也要多虧擁有壓倒性力量的百狼，不過想在這個世界存活下來，必須精通許多事情才做得到。」

吉拉多比想像中更瞭解我們，也認同我們的實力。艾米莉亞因為我受到稱讚而滿意地點頭，先別管她好了。

「而我搜集了一下情報，認為憑各位的力量能夠突破這個困境，便跟桑傑爾殿下提出建議。」

「當初我還半信半疑，親眼見過你們後，我明白了。各位是值得信賴的人。」

「那些惡徒不愧是在城裡做事的，相當狡猾，不肯露出狐狸尾巴。就算只有一下也好，可否請各位幫助我們？」

不停試圖拉攏我們，全是為了守護故鄉嗎？

那個志向是很偉大，可惜我不能輕易答應。

「不好意思，我的主人是莉菲爾殿下，所以不方便立刻答覆兩位。」

「我知道。即使如此，我還是想拜託你。」

「他們的小伎倆害效忠國王、值得信任的臣子一個接一個被趕出城。我們因為解決了上一次的氾濫，或許還不會有事，但沒人知道這面免死金牌撐得到什麼時候……」

「偶爾還會有人想叫我到他房間。真的有夠煩。」

「若你們不方便成為我的臣子，只是幫個忙也行。替我跟艾琉席恩的公主談談吧。」

他放下身段，低頭拜託我們，可見事態似乎相當嚴重。中立人士及可能會站在自己這邊的人陸續消失，敵人卻不斷增加，這也是理所當然。

「儘管不想承認，想成為一國之君，我還有許多不足之處。難怪那些人看不起我。」

「沒這回事！您才是有資格繼承王位的人。」

「還不都是因為那些白痴都以為自己最厲害。」

剛才也好，初次見面的時候也罷，桑傑爾之所以比較晚到，就是他的敵人故意在討厭的時機丟工作給他。

桑傑爾好像被整得挺慘的，忍不住說起喪氣話，兩位英雄拚命鼓勵他。

「……說得也是。現在不是我在這種地方裹足不前的時候。」

「就是這個氣勢。情勢雖然不利，我們也不會輸。」

「也該叫席岡工作了。那孩子太過為所欲為，都快要有人懷疑他的英雄身分了。」

明知自身的能力不足，仍然沒有逃跑，為了守護國家而繼續戰鬥，那堅定的意志帶有一種吸引力。

不只吉拉多他們，只要身邊的人再配合一點，桑傑爾遲早會成為一位明君，真的是在各方面都太可惜了。假如我先認識他，或許會答應為他做事。

以目前的狀況來說，我無法提供協助，我想以聲援或其他形式為他打氣。

之後，我們和從龍舍回來的卡蓮會合，讓桑傑爾一行人帶我們參觀城內，吃完晚餐才跟他們道別。

離開前我問了一下能否去前線基地參觀，但現在不太適合，被他拒絕了。可惜歸可惜，我早有預料，所以並不覺得遺憾。

再說，騎馬從聖多魯到前線基地要半天以上。按照計畫，各國國王明天就會離開前線基地，我們過去也只會剛好錯過。看來得再一段時間才能跟艾爾貝里歐兄妹重逢。

與桑傑爾他們道別後，我們沒有回到桑傑爾安排給大家住的房間，而是來到莉菲爾公主的房間。

「這樣呀。竟然看中了你，該誇他眼光好嗎？」

「我知道聖多魯的現況不妙，不過我打算拒絕他們。有點內疚。」

「這樣比較好。幫忙的風險太大了。」

「那國王怎麼辦？他一直醒不來……對吧？」

「別擔心，明天我去跟茱莉亞談談。國王康復再好不過，跟她說我認識兩位優秀的醫生，說不定會讓你們看診。」

「我會盡己所能，可是不要太期待啊。」

國王復活的話，桑傑爾的處境也會得到改善，我認為這是目前最恰當的選擇。

前提是治得好他。

就算我們因此被難纏的傢伙盯上，各國國王從前線基地回來後，國際會議也即將落幕，只要在被纏住前離開聖多魯即可。

「報告事項大概就這些吧？那麼，差不多該調查房間了。」

「交給你們囉。除了私人物品，剩下的東西都可以隨意調查。」

「大哥，有我可以幫忙做的嗎？」

「幫我注意有沒有人靠近。至於梅爾特先生……」

「嗯，我去看門。」

討論出大致的方針後，我起身離席，於房間內走動。

我來到聖多魯城的目的，是保護莉菲爾公主他們，以及調查她所說的從城裡各處傳來的神祕氣息。

我碰觸牆壁，發動「掃描」走遍房間的每個角落，正在邊喝紅茶邊聊天的女性組的對話傳入耳中。

「然後呀，龍舍裡有隻跟卡蓮一樣大的龍。卡蓮走過去的時候牠會怕，小娜一摸牠，牠就高興地搖尾巴……」

「哦，雖說是幼龍，居然這麼親人。話說回來，卡蓮已經跟那孩子成為朋友了嗎？」

「……還沒。卡蓮只有幫忙工作而已，小娜也沒有說要跟卡蓮當朋友。」

「呵呵，放心啦。有時候，不用特別說出口也會變成朋友。」

「兩個人一起做同樣的事，覺得跟對方在一起很開心，就可以說是朋友了。」

「是嗎？」

「不過那孩子口拙，講清楚可能會比較好。」

「到底要不要說!?」

卡蓮因為快要交到新朋友，激動不已，我則在牆壁底下感覺到異狀，集中魔力，調查得更加仔細。

我像在放大照片似的，調查因為經年劣化而產生的微小裂痕及孔洞，查出牆壁底下有數不清的小東西。

表面上是一面再普通不過的石牆，我用小刀切下牆壁的一部分……

「果然，這是……」

窄縫及裂痕間，布滿疑似植物根部的物體，多不勝數。

看來莉菲爾公主察覺到的異狀就是它沒錯，可是侵蝕牆壁的那東西，怎麼看都是平凡無奇的植物。我伸手想要調查植物時，艾米莉亞發現我奇妙的舉動，往這邊走過來。

「天狼星少爺，您找到什麼了嗎？」

「……有個東西。不過應該不是它。」

「植物的根部嗎……？牆壁的表面那麼光滑，底下卻亂成一團呢。」

「這座城堡好像歷史悠久，受到侵蝕也很正常。」

說來諷刺，這個情況簡直像在象徵現在的聖多魯城。

我於內心苦笑，輕輕一扯就把植物的根部扯斷，用「土工」的魔法陣將牆壁恢復原狀，回去找坐在桌前等我的莉菲爾公主。

「調查過一遍了，沒有異狀。」

「是嗎？果然是錯覺？」

「還是不要疏於戒備比較好。艾米莉亞，可以幫我泡杯紅茶嗎？我想喝妳泡的。」

「好的！我馬上準備。」

我裝成沒有異狀的樣子，用眼神和手對艾米莉亞打暗號，請她除了紅茶外再幫我拿一份紙筆過來。

跟平常不同的行為令眾人感到疑惑，我從艾米莉亞手中接過紙和羽毛筆，望向卡蓮。

「時間也晚了，卡蓮要不要上床睡覺？」

「卡蓮還不睏耶？」

「啊哈哈，她一直在聊小娜。」

「妳該睡了。以妳的習性，一恢復冷靜就會想睡。」

「明天應該也有很多事要做，有時間再去看小娜吧。妳也不希望自己到時沒精神吧？」

「嗯……知道了。」

儘管還不到平常的就寢時間，現在不太適合讓卡蓮在場。

我摸著乖乖聽話的卡蓮的頭，叫來在窗戶旁邊看守的雷烏斯。

「雷烏斯，抱歉，可不可以麻煩你帶卡蓮回房？」

「好，我直接留在那邊保護卡蓮嗎？」

「雖然我不覺得會有人來偷襲，姑且還是注意一下。交給你了。」

「那我也回房吧。今天比想像中還累，可能是不小心喝太多。」

「嗯，我們等等再回去，妳先休息。」

「我也一起去。要陪卡蓮睡覺。」

「……公主殿下，您的房間在這裡。」

莉菲爾公主面不改色地想跟三人一同走出房間，被梅爾特抓回來。

她不甘地回到座位，我苦笑著把紙放到桌上，好讓大家都能看見，一面寫字一面說道：

「看今天這個狀況，明天茱莉亞殿下可能會來找我們切磋。我最好也早點休息。」

「……她可是令雷烏斯陷入苦戰的對手。需要做好萬全的準備。」

「對呀，你身為雷烏斯的師父，輸掉就太難堪了。」

「嗯，那位公主殿下好強喔……」

「各位，要不要再來杯紅茶？」

我跟其他人閒聊著，告訴他們不要把紙上的字念出來，配合我假裝聊天。他們顯得有點困惑，但還是點頭表示理解。

我接著寫下這麼大費周章的理由，他們立刻繃緊神情。

『不只這個房間，我懷疑有人在監視整座城堡。』

沒錯……莉菲爾公主的直覺是對的。

我裝成牆壁底下的植物根部沒有異狀的樣子，其實那上面明顯散發出人為的魔力。

再加上「探查」偵測到那種植物透過牆壁底下擴散至整座城堡，彷彿在監視住在城裡的人。搞不好類似上輩子的監視攝影機。

用筆說明的原因在於我怕講話被聽見，設置機關的人說不定還會因為被我發現而有所行動。隨便釋放魔力也有危險，最好不要使用「傳訊」。

當然有可能是我預測錯誤或想太多，但這種時候就該慎重行事。賽妮亞又幫我拿了兩根羽毛筆過來，我便繼續聊著旅途中發生的事，用文字說明現狀。

『敵人可能會透過我剛才發現的植物，偵測對方的位置。雖然不知道聲音聽不聽得見，還是小心一點比較好。』

『意思是，可以把敵人想成擁有跟天狼星少爺類似的魔法或技術？』

『不過，我們之前就聊過繼承人那種比較敏感的問題……』

『這部分應該不用擔心。如果有什麼不能被聽見的，對方早該動手了。』

進城後我們聊了許多話題，對方還沒有要將我們強制排除的跡象。至少目前他應該認為放著我們不管也無所謂。

我寫字告訴大家正常生活大概不會怎麼樣，莉絲拿起羽毛筆表達不滿。

『竟然監視城裡的人，誰會做這種事？』

『我想到一個人。聖多魯不是有位據說擁有神之眼的英雄嗎？』

她說的是人不在現場，依然能以上帝般的視角徹底掌握戰況，人稱「神眼」的吉拉多吧。我也有同樣的想法，據我推測，名為神眼的能力是否還能用在這種植物上？

老實說，這實在稱不上正當手段，可是想在一切憑實力說話的聖多魯存活下來，這麼做或許是必要的。

目前不能跟吉拉多敵對，他的所作所為又是為了桑傑爾——更進一步地說，是為了這個國家，只要不加害我們，應該可以放著不管。在城裡的生活受到監視並不罕見，不要疏於戒備，給對方可乘之機即可。

這樣踏進這座城堡時感覺到的異狀就少了一個，然而新的謎團也增加了。這件事非調查清楚不可，我看著莉菲爾公主他們，寫下文字。

『這個國家有沒有人熟知聖多魯的歷史及情勢？』

『你想調查什麼？』

『與繼承人的問題無關。純粹是我個人好奇聖多魯的過去。』

『個人呀……你要查的好像不是一般的情報，有合適的人選嗎？』

『包在我身上。我認識一個人熟知聖多魯檯面上和檯面下的資訊。』

『是賽妮亞認識的人？』

『是我今天早上也見過面的情報販子，消息據說是全國最靈通的。在贏得信任及拿出相應的功績前，不太好相處，不過以天狼星先生的能力，一定沒問題。雖然不能幫忙安排好一切，我可以為您帶路。』

要藉助賽妮亞辛苦找到的門路，有點不好意思，但現在還是收下她的好意吧。

我想盡快找到答案，便請她立刻帶我出發。

就這樣，為了和熟悉聖多魯的情報販子見面，我帶著賽妮亞溜出城堡。

艾米莉亞當然想跟過來，不過這樣莉菲爾公主身邊會沒有人看著，所以我拜託她留在那裡。

『好的。我會代替隨從界的前輩賽妮亞小姐，完美履行職責。』

『哎呀，很會說大話嘛。那妳就代替賽妮亞滿足我吧。』

『莉菲爾殿下，為您補充紅茶和蛋糕。』

『完美！』

『公主殿下只是想吃蛋糕吧？』

『也有我的份吧？』

雖然這段對話缺乏緊張感，大家看起來很開心，我就不多說什麼了。

擅自在城裡走動當然會有人不滿，我們必須偷偷跑出去，可是賽妮亞已經溜出去好幾次過，這點小事並不困難。

我們披著附兜帽的斗篷遮住身體，躲開在城裡巡邏的士兵，神不知鬼不覺地來到城外，繞過天黑了依舊熱鬧不已的地點，在建築物之間無聲前進。

「……順利溜出城了。」

「對呀，注意不要被人跟蹤，繼續前進吧。」

那人理應已經透過遍布牆壁底下的植物發現我們不在城內，賽妮亞也溜出去過好幾次了，他卻沒有任何對策，甚至毫無反應。至少可以當成這麼做是被允許的。

我姑且用「探查」調查了一下，街上也有那種植物的反應，不過跟城裡比起來算不了什麼，看來它沒有蔓延到圍住聖多魯的城牆外側。

我邊走邊整理思緒，走在前面的賽妮亞突然回頭對我微笑。現在要用到耳朵，因此她沒有戴兜帽，表情看得非常清楚。

「……真是精湛的技術。我從來沒有與別人同行，還能如此行動自如過。」

「多虧您很會帶路。」

我第一次在這麼近的距離見識到，賽妮亞的能力非常優秀。隱藏氣息的手段堪稱一流，再加上她是兔族獸人，聽覺非常敏銳，能夠靠聲音正確掌握對方的位置。

我只是跟在後面避免妨礙她而已，賽妮亞卻搖頭否認我的說詞。

「您太謙虛了。能這麼輕鬆地跟上我的人，您是第一個。」

「因為我自己做過各種訓練。您的技術才叫精湛，是跟人學的嗎？」

仔細一想，莉絲跟我聊過許多莉菲爾公主的事，我對賽妮亞卻一無所知。過問他人的過去或許失禮了點，可是離目的地似乎還有一段路，考慮到今後還得繼續交流，我就試著踏出一步吧。

如果她不想聊這個，我當然會改變話題，幸好只是杞人憂天，賽妮亞乾脆地回答我。

「……是父親教的。他說這是生存必備的技能，對我施行嚴格的教育。」

「莫非您的父親是……」

「是的，父親專門處理見不得光的工作，因此我學到的是俐落地殺人……又不會被任何人發現的手法。」

看到她的動作及隱藏氣息的方式，我就在猜她說不定當過暗殺者，果真如此。

賽妮亞想起過去，瞇細眼睛，我反射性向她道歉，她卻回以微笑，彷彿在叫我不要放在心上。

「這段往事講起來沒什麼有趣的，可是我現在身為莉菲爾殿下的隨從，每天都過得很充實，並不覺得辛酸。而且我原本就打算這幾天要跟您說，無須感到愧疚。」

「不必勉強。您對莉絲而言是可靠的姊姊，我一點都不在意您的過去。」

「那真是再好不過，但我認為您需要好好瞭解自己的隨從。」

主人不清楚隨從的來歷確實不像話，可是我又不是賽妮亞的——噢，原來如此。

「莉菲爾殿下的妹妹莉絲殿下的丈夫，等於是我的主人。所以，今後請您直接叫我名字就好。」

「我算是莉菲爾殿下的近衛，硬要說的話，我們的關係比較接近同事……不對，是前輩和後輩吧？」

「不，透過您剛才的舉動，我確信您的實力在我之上。也就是說，包含實力在內，我認為您是值得尊敬的人。」

或許是活在地下世界的經驗使然，她看出了我們的力量差距，想確立上下關係。
儘管我很在意她比我年長，我的上一段人生跟她差不多，能夠理解賽妮亞的想法，便決定答應她的要求。
「知道了。以後也麻煩妳多多指教囉，賽妮亞。」
「我才要請您多多指教。呵呵……輔佐天狼星先生等於能幫到莉絲殿下，害我更有幹勁了呢。」
「可是，我只有在這種場合或跟大家在一起的時候會叫妳名字。就算妳沒關係，被不認識我們的人聽見不太好。」
假如莉菲爾公主的隨從對我也表示敬意，搞不好會有人發現我和莉絲的關係。
賽妮亞點頭應允，表情卻帶著一絲不滿。
「第一個命令就是這個？也可以叫我侍寢喔？雖然您應該不缺那個對象。」
「不用了，開玩笑也該適可而止。」
「呵呵，我年紀比你大，總該展現一點大人的風範嘛。」
她似乎以調侃我為樂，不愧是那個人的隨從。
實在不像僕人該有的態度，不過對我來說正好。跟弟子們相處時體會不到這種宛如同事的感覺，挺舒服的。
不再跟對方客氣的我們，於黑夜中不斷前行。

走了一段時間，我在靠近包圍聖多魯的城牆時詢問賽妮亞：

「妳說的情報販子，在我們昨天住的部落？」

「是的，她不方便住在鎮上，所以定居在那裡。」

「那為什麼要走這個方向？正門不是在那邊嗎？」

那個部落位於聖多魯的城牆外面，必須從正門出去，賽妮亞卻愈走愈遠。

「正門太容易引人注目，我們要走其他路線出去。」

「其他路線……」

我納悶地沿著城牆步行，來到平民的居住區，賽妮亞在一棟特別大的建築物前停下腳步。

「這裡是教會嗎？」

「是的，是歷史悠久的教會，雖然蓋在這種地方，不只平民，貴族也會來。」

「原來藏在這裡。」

教堂與城牆相鄰，感覺得出裡面有好幾個人。天色都已經暗了，還是有虔誠的信徒。說到教會，我想到了米拉教，這一帶崇拜的好像是名字長得莫名其妙的豐穰神。

我小心翼翼地走進教堂，數名信徒坐在好幾張並排的長椅上祈禱，如賽妮亞所說，不只平民，也有疑似貴族的人。

我側目觀察他們，一邊往裡面走，這時坐在角落的椅子上、看似神父的男人，帶著溫和的笑容走過來。

「哎呀，您又來了。有什麼煩惱嗎？」

「是的，我想再請上帝聽聽我的懺悔。」

「……我明白了。迷途羔羊的煩惱，只來一次想必是說不完的。請跟我來。」

賽妮亞今天好像是第二次來，神父卻毫不在意，將我們帶到懺悔室。

懺悔室在教堂的最深處，牆壁也很厚，只要不大聲喊叫，可以不用擔心聲音傳到外面。這種房間本來只能供一個人進去，但神父沒有多說什麼，我便和賽妮亞一同進入懺悔室，關上門。

周圍的雜音同時中斷，感覺到有人在牆上的小窗後面坐下時，賽妮亞從懷裡拿出金幣，放到小窗前。

「不好意思，麻煩了。」

「沒關係。我有聽說妳什麼時候來都可以。」

窗子後面坐的好像是剛才那名神父，冷淡的語氣卻和那抹溫柔的笑容判若兩人。看來他不是一般的神父，而是擁有兩種身分，精通地下社會的人。賽妮亞向我說明，他是我們等等要見面的情報販子的部下。

神父接過金幣後，我們腳邊的地板往旁邊移開，出現有亮光的階梯。有這種東西，保護城鎮的城牆頓時形同虛設，不過這種密道也是必要的。

「這是用來讓王族逃亡的通道嗎？」

「對，是以前聖多魯的王家偷做的密道，現在則由地下社會的人管理、使用。」

地道的寬度只能勉強供一個人通過，走了一段距離，前面出現一道上鎖的鐵欄擋住去路。坐在鐵欄對面的椅子上看書的男人發現我們，抬起頭來。

「百狼。」

「……進來。」

賽妮亞說的似乎是暗號，確認暗號正確無誤的男人打開鐵欄，放我們通過。

地道外面是陌生的小屋內部，從周圍的氣氛可以得知，這裡是我們昨天住的部落。

「原來如此，通到這個地方啊。」

「這是我在遇見各位的那一晚得知的。這條通道在聖多魯只有少數人知道，還請不要外傳。」

「我懂，這麼重要的路線，虧妳有辦法問出來。」

「等等要見的情報販子，同時也是管理這個地方的人。幸運的是，我受到那個人的喜愛。」

「那妳把這條密道告訴我，沒關係嗎？要是因此影響到妳的處境，我會過意不去。」

「無須擔憂。對象是您的話，不會有問題。」

真是沒來由的信任。既然賽妮亞完全不介意，應該沒事吧。

賽妮亞接著帶我走向情報販子住的建築物，我在路上想起剛才的暗號。

「對了，剛剛的暗號為什麼是百狼？」

「暗號會頻繁更換。可見北斗先生出現有多麼稀奇。」

他們會在聖多魯發生重要事情時換新暗號。百狼是傳說中的生物，出現在聖多魯也可以說是一起事件。麻煩歸麻煩，想保守祕密就是這麼累人。

在我對謹慎的情報販子及規則產生興趣時，我們抵達了目的地……

「……怎麼看都是娼館。」

「您的表情好複雜，您不是應該很習慣這種事嗎？」

「並不習慣。我不反對進去，可是身上沾到陌生女性的氣味，艾米莉亞會有意見。」

這類型的店家客人會不小心說溜嘴，很適合搜集情報。其實我偶爾也會去這種地方打聽消息，小姐倒是沒叫過。

然而，在娼館工作的女性為了拉客，大多喜歡把身體貼過來。我的身體會因此沾上氣味，鼻子靈的艾米莉亞一聞就知道。

「我跟她認識的時間不長，那孩子嫉妒心這麼強呀？」

「她會擔心我被壞女人纏上。」

身為隨從，身為妻子，艾米莉亞總是拚命試圖保護我。

不過，她心底也會萌生無法接受的情緒吧。

看到艾米莉亞在聞到陌生女性的氣味的同時，耳朵和尾巴微微下垂，我會……有股強烈的罪惡感。

「呵呵，她平常那麼能幹，在這方面還是小孩子呢。」

「這也是她的可愛之處。不過每次跟女人見面她都會緊張，我也很傷腦筋，得讓她習慣一點才行。做好覺悟出發吧。」

「那麼，我們勾著手臂進去吧。有人會從鎮上帶喜歡的女孩過來，共同行動的話，店裡的女性就不會靠近。」

「總覺得沒什麼差，算了，現在也沒其他辦法。」

「怎麼這樣說。雖然講這種話很像在自誇，我的女性魅力不比那些孩子差喔？」

「這話等妳收起奸笑再說。」

賽妮亞給我的印象是沉著冷靜、於公於私都值得依靠的隨從……沒想到這麼調皮。難怪她有辦法在那位莉菲爾公主身邊扶持她。

我們像是打打鬧鬧的朋友，而非恩愛的情侶，踏進娼館。

儘管半點粉紅泡泡都沒有，多虧賽妮亞貼著我，那些性感撩人的娼婦並未接近。

我們跟店裡的接待人員表明來意，走進裡面，賽妮亞認識的人跑來跟她打招呼……是個很有衝擊性的人。

「哎呀!?妳怎麼又來了……這次還帶著男人！賽妮亞妹妹也不容小覷呢，虧妳一副腦中只有工作的樣子。」

「呵呵，這是我的另一個主人。我們即將度過熱情的一晚，還有空房間嗎？」

「當然有！就算客滿，人家也會為妳空出房間！」

往這邊跑過來的，是一位講話使用女性口吻的肌肉男。這是所謂的身體是男人，卻有著一顆少女心嗎？

但我在意的不是外表及語氣，是這名男子散發的獨特氛圍。他怎麼看都不是會踏上戰場的人，卻有種關乎他人生死的獨特氛圍。

「賽妮亞，這位到底是？」

「經營這家店的蘿絲小姐。」

「人家叫蘿絲。你好呀。」

無疑是假名的蘿絲一舉一動同樣充滿女人味，衣服也是女性會穿的綴滿荷葉邊的禮服，在各種意義上不忍直視。

然而，這人說不定就是我要找的情報販子，所以我特別留意不要對他失禮，不過從賽妮亞的反應來看並非如此。

「蘿絲小姐是仲介人。不得到她的承認，就不能跟情報販子見面。」

賽妮亞的引薦到此為止，之後得靠我自己的力量贏得她的信任。即使是我的同伴，在這一行不遵守規矩就沒人會相信，賽妮亞的做法並沒有錯。

「我有個問題，蘿絲小姐除了仲介人和經營這家店，還有從事其他行業嗎？」

「是的，蘿絲小姐會承接幫遺體化妝的委託。雖然沒有公開，她的技術可是全國第一呢。」

「難怪……」

類似上輩子的大體化妝師吧。難怪有種神祕的氛圍。

蘿絲在旁邊聽我們說話，打量著我詢問：

「你是傳聞中在鬥武祭大顯身手的天狼星弟弟對吧？難道你不能接受人家的職業？」

「沒這回事。有人會希望心愛之人直到最後都漂漂亮亮，我認為這是必要的工作之一。」

既然待在全國最厲害的情報販子身邊，知道我的真實身分也不奇怪。我不慌不忙地回答，蘿絲愉悅地揚起嘴角。

「呵呵呵，大部分的人都會氣得叫人家不要對遺體動手，不愧是賽妮亞妹妹帶來的人。你死的時候，人家可以幫你化妝喔。」

「到時就麻煩妳了，雖然我沒那麼容易死。言歸正傳，我是來見這裡的情報販子……」

「噢，在裡面。讓賽妮亞妹妹帶你去吧。」

本以為會再交流幾句，他卻一下就放我過去。或許是我有點錯愕的心情反映在臉上了，蘿絲向我說明理由。

「因為你不只實力堅強，還帶著那隻百狼。比起與你為敵，賣你一個人情不是更划算嗎？而且……賽妮亞妹妹都對你信賴到會跟你勾著手臂了。」

「感謝稱讚，意思是和賽妮亞一起進來時，我就已經通過考驗了。我說，剛才那段爭取認同的對話有意義嗎？」

「這叫遵循傳統。」

「因為有必要嘛。」

有種被耍的感覺，再說，這麼容易的考驗沒問題嗎？不過本來的審查標準應該相當嚴格。就當成是賽妮亞的努力，和我累積多年的人生經驗的功勞吧。

我將蘿絲的資訊記在腦海，前往內部，周圍因為窗簾的關係沒有半點光芒，前方有扇氛圍明顯不同的門。

看來這個地方就是店裡的最深處，疑似守衛的男子靜靜站在門前，腰間掛著一把劍。

男子發現來者是賽妮亞，放開握住劍柄的手，因為我在場的關係，並未徹底放鬆警戒。

「……是妳啊。找老大的話等一下再說。她在接待貴客。」

「傷腦筋。大概要等多久？」

「不知道。我更想問妳……旁邊那男人是誰？別把來歷不明的人帶進來。」

男子瞪著我們質問，踏出一步，與此同時，我反射性抬起右手。

「……真是盛大的歡迎。」

在他行動的同時，有根針從我的背後射向脖子。是躲在天花板上的人射出的吹箭，眼前這名男子是誘餌。

雖說是出人意料的一擊，這點程度用不著回頭我也躲得掉。考慮到上面有塗毒的可能性，我扯下旁邊的窗簾抓住那根針，賽妮亞滿意地點頭。

「厲害，非常抱歉，不能先跟您說明。」

「沒關係。先知道不太好吧？」

賽妮亞第一次來的時候也受到同樣的歡迎，她的頭輕輕一動就閃開了。

「這是見情報販子前需要通過的考驗嗎？」

「考驗兼洗禮。他們覺得不能只會依靠人，自己也要有優秀的實力，才有資格見她。」

針上塗了能限制行動的麻痺毒，閃不掉就不合格，會在審問後處理掉。

而我好像合格了，天花板上方的氣息消失不見的同時，守衛無奈地搔著頭握住門把。

「等一下。我去問問能不能讓你們進去。」

「窗簾的賠償費要多少錢？」

「不用，乖乖在那裡等。」

男子進房為我們牽線，馬上就回來了，抬起下巴叫我們進去。

他繼續站在外面看門，我從他旁邊經過，走進房內，最先注意到的是有點刺鼻的植物氣味。房裡好像在焚燒香草，充滿透明的煙霧。

聞起來沒有毒，也不會令人不適，因此我繼續前進，在占據房裡大部分的空間的大床上，坐著一名妖豔的女性。

「……歡迎，賽妮亞。竟然來了兩次，妳還真忙呢。」

「不好意思，一直來打擾。我有個人想介紹給您認識。」

「嗯，我也想見他一面，妳不用介意。在那之前……」

眼前這位面帶微笑的女性，是長髮和全身的肌膚白皙如雪，擁有人偶般的精緻五官及美貌的絕世美女。

年齡差不多跟賽妮亞一樣，二十多歲吧？

跟菲亞和茱莉亞有種不同魅力的美女，害我的視線差點被吸過去，可是我現在更在意守衛剛才所說的貴客。

因為，幸福地躺在那名美女腿上睡覺的男人——

「殿下……殿下，請起床。再不回去，您又要聽人說教了。」

「喔……再一下……」

「呵呵，真是個壞孩子。我有客人來了，請您至少坐起來。」

「騙人的吧？沒多少人有辦法在這個時間指名妳……」

是聖多魯的王族之一，亞修雷。

他之前說過有心上人，看來就是這名女子沒錯。我也在同時明白了他在這個集落裝成情報販子的原因。

然而，亞修雷好像還沒睡醒，悶悶不樂地瞪向這邊，看到站在面前的人是我，他當場僵住。

「……你怎麼在這？」

「來找情報販子。打擾到你了。」

「你想要什麼？我給不了太多錢，如果你有想要的東西，可以從城裡的倉庫偷……」

「別擔心，我什麼都不要。」

我明白表示不會跟城裡的人說，亞修雷鬆了一大口氣，同時賴在女子的大腿上一動也不動，大概是懶得顧形象了，別管他好像比較有效率。

凡事先從自我介紹開始，於是我報上姓名，女情報販子則優雅地一鞠躬，開始介紹自己。

「我是管理這個部落『哈格雷』的芙吉艾。」

這個部落名為「哈格雷」，不曉得是誰開始這樣叫的。

仔細一看，她真是個美女。

雖然這樣講有點失禮，她的頭髮和肌膚異常白皙，如果身上不是娼婦會穿的那種輕薄的衣服，而是和服，應該會很像雪女。

我邊想邊觀察芙吉艾，發現我在看她的亞修雷瞪過來威嚇我。

「芙吉艾是我的女人！唯獨她我不會讓出去！」

「殿下，請您冷靜一點。他來找我的理由只有一個。」

「沒錯，我已經有家室了，今天只是來見情報販子芙吉艾小姐而已。」

「那就好……」

亞修雷怎麼看都是花花公子，遇到在乎的事就會全心投入其中，這一點倒是跟哥哥和姊姊一樣。

不過芙吉艾比起戀人，感覺更接近疼愛孩子的母親……這部分就要看他今後的努力了。

「聽賽妮亞說妳是聖多魯最優秀的情報販子。」

「嗯，什麼都可以問。可是……我收的費用不便宜喔？天狼星先生付得出相應的代價嗎？」

「那當然。要幾枚金幣……」

「請稍等。在那之前，我有件事想先跟她說。」

我正準備從懷裡拿出金幣，賽妮亞上前在芙吉艾耳邊講了幾句話，始終面帶微笑的芙吉艾立刻繃緊神情。

「……真的嗎？」

「我親眼見識過，技術非常好。建議您考慮一下。」

「喂、喂……芙吉艾？沒問題吧？」

雖說是竊竊私語，感覺會被躺在她腿上的亞修雷聽見，這個反應卻像沒聽見的樣子。在我佩服賽妮亞以絕妙的音量說話，避免情報外洩的技術時，她走回我身邊。

「妳跟她說了什麼？」

「去跟對方交涉，幫您節省開銷。錢省點花總是比較好。」

「我非常感興趣。天狼星先生，這次我就給您特別折扣了。」

「我一頭霧水，總之先給妳一枚金幣囉。」

本想觀察對方的反應提高預算，芙吉艾卻露出笑容，彷彿在表示這樣就夠了。

我心想「等等去問她們到底說了什麼吧」，芙吉艾端正坐姿，視線落在我身上。

「那麼，我再問一次。天狼星先生想打聽什麼？」

「多到數不清，首先是城裡發生的繼承人問題。妳對這件事瞭解多少？」

「幾乎什麼都知道。因為娼婦獲得的情報全會傳到我這邊。」

躺在腿上的王族感覺就會把城裡的情報通通告訴她，不過她的管道不只這一個。

聖多魯的居民……也就是在城裡工作的人跟娼婦傾訴的不滿，或者得意忘形不小心說溜嘴的資訊，通通會回報給芙吉艾。

她因為某些原因不能離開這個房間，仍然以優秀情報販子的身分君臨於此，連這個部落都能管理好。能力想必相當優秀。

我想知道芙吉艾對現在的聖多魯有何想法，便問了這個問題。

「我想您也知道了，有些人試圖排除身為正當繼承人的殿下他們，搶奪王位，城裡因此亂成一團。然後……我覺得這個狀況很奇怪。」

「妳果然這樣想嗎？」

沒錯。芙吉艾和我一樣，覺得現狀並不正常。

國王因為不明疾病臥病不起，擁有人稱神眼的力量的吉拉多站在桑傑爾那邊，他依舊趨於守勢。有許多令人費解的問題。

意即……

「有人在私下操弄局勢……對吧？」

「是的，我認為有人在城裡引起混亂，想趁亂達成某種目的。」

她跟我得出同樣的結論，躺在她腿上的亞修雷帶著複雜的表情加入對話。

「既然芙吉艾這麼說，應該不會有錯，可是真的有那個人嗎？想坐上王位的人以前就有了，我倒不覺得有什麼奇怪。」

「這只是我的直覺，可能並不存在。但我有種不祥的預感。」

「……是嗎？妳的直覺挺準的。萬一真有那號人物就糟了，我還是去叫哥哥和姊姊小心點吧。」

「不，我講過很多次，勸您最好不要。假如對方知道各位有所警惕，不只您的兩位手足，連您都可能被盯上。」

亞修雷尚未直接受到危害，八成是因為對方判斷他至少不會影響自己。芙吉艾好像是真心在為亞修雷著想，不斷勸他不要擅自行動。

「可是，放著不管也不好吧？有沒有什麼是我能做的……對了！妳之前提到的那個如何？」

「那不是現在。殿下，我明白您會擔心，但無須著急。」

某種意義上來說，這可是緊急情況，芙吉艾卻很冷靜，是有什麼策略嗎？

「聽說吉拉多先生最近會有大動作。他似乎準備好要扭轉桑傑爾殿下的劣勢了。」

「芙吉艾小姐認識吉拉多先生嗎？」

「我提供過他好幾次情報。其實昨天晚上，我收到他的信，上面寫著……」

吉拉多偶爾會寫信跟芙吉艾打聽情報。

他只會簡單列出想要的情報，昨晚那封信最後卻有這麼一句話。

「『別放過這個機會』……他這樣寫的原因，無疑是知道我要做什麼。若能和他順利配合，現狀極有可能會開始好轉。」

「那傢伙嘴上叫累，實際上卻準備得很周到嘛。不愧是輔佐哥哥的人。」

「或許是掌握了採取行動的時機。所以，請您顧好自己即可。要是您有個萬一，我會很困擾。」

「好啦，我也不希望這輩子再也見不到妳。」

這兩個人分別生活在光明處及暗處……連身分都截然不同，我個人倒覺得他們挺配的，希望他們可以交往順利。

不知不覺間，他們營造出了兩人世界，發現話題愈扯愈遠的芙吉艾臉頰微微泛紅，將視線移回我身上。

「不好意思，讓兩位見笑了。我能提供的情報就這些。還有什麼想問的嗎？」

「那麼，我想知道聖多魯的歷史和過去的英雄……」

我繼續提問，獲得幾個必要的資訊。

得知聖多魯的黑暗面——泯滅人性的殘酷行為和藉由權力將消息壓下來的歷史，感覺實在不太好，不過拜其所賜，我的疑惑也得到解答。

「……原來如此。」

「看來我的情報派上用場了。」

「嗯，很有幫助。太晚回去會有人擔心，今天我就先告辭了。」

「好的，那麼，下次見……」

亞修雷還要再待一下，我聽著芙吉艾意味深長的道別，納悶地離開房間。

# 《不變的誓言》

我們回到聖多魯的城下町，跟去程一樣走在無人的道路上。

明明只在那裡待了數小時，揮之不去的異樣感卻轉為了確信，來這一趟算是值得了。

全要感謝不只負責帶路，還幫我省去複雜程序的賽妮亞。她在旁邊謹慎地搖晃耳朵前進，我開口向她致謝。

「賽妮亞，謝謝妳。妳跟芙吉艾和蘿絲關係還真好。難怪這麼短的時間內，她們就願意把密道告訴妳。」

「是的，我和她們氣味相投，自己都覺得不可思議。」

「如果不是因為利害關係，而是真的合得來，妳們今後應該也能相處融洽。那麼，妳想叫我做什麼？」

「您的意思是？」

「別裝傻了。妳的目的不只是把情報販子介紹給我，還想要我為她……為芙吉艾做些什麼吧？」

「您果然發現了嗎？這次亞修雷殿下也在場，所以我沒有提及，下次見面時，想請您為芙吉艾小姐看診。」

我是在觀察芙吉艾時發現這件事的，不是因為賽妮亞做了什麼。

那雙澄澈的藍眼非常美麗，我卻沒看她的瞳孔動過。而且讓亞修雷躺在大腿上時，她的身體也幾乎不會動，不僅如此，動作還異常僵硬，推測是罹患了某種疾病。

「告訴我詳細的症狀。」

「數年前，她被毒箭射中，視力及雙腿的行動能力失去了大半，不待在有焚香的房間內，甚至無法順暢地呼吸。」

「中毒啊……既然影響遍及全身，想必是劇毒。」

「聽說她是為了保護尊敬之人而光榮負傷。用藥物及魔法治療都沒有效果，若是治好莉菲爾殿下的您，或許能找到減緩症狀的方法。」

毒物引發的症狀沒有隨時間改善，就算是魔法，八成也沒辦法輕易治好。

而且診斷過後說不定會發現她的病治不好，我不希望她們太期待。

「剛才妳竊竊私語跟她談的條件就是這個嗎？要是我拒絕怎麼辦？」

「您要拒絕嗎？」

「……好吧，既然她是妳的朋友，我接受這個委託。但我不保證喔？而且要治療的話，可能得請莉絲幫忙。」

我能做的只有用「掃描」診斷，以及提高患者的自癒能力。講到治療，莉絲應該會二話不說地答應，總覺得我們一直在接近聖多魯的黑暗面，不只聖多魯的國王，還要治療於地下社會生存的情報販子。

「那麼快點回去吧。人家差不多要開始擔心了。」

由於我們待的比當初預計的還要久，賽妮亞稍微加快腳步。

我跟在她後面，不經意地停下來，仰望黑夜中的聖多魯城。城上的營火隨處可見，我卻覺得那座城堡染上黑暗的原因不是夜晚，而是交錯的陰謀所致。

有人在暗地設局，不僅如此，這只是開端而已。我有股預感，它將發展成更加巨大……甚至足以影響世界的事件。事情發生在各國國王及重要人物齊聚一堂的國際會議期間，我不認為是我想太多。

這件事搞不好已經超出我們的能力範圍，可是，我無法放著與我們結緣的人們不管，弟子們也想出一份力。

不安要素多不勝數，愈是前進，要顧慮的就愈多……但我該做的事沒有改變。

守護重要的家人，還有……

「好好養大他們。」

別往壞處想，反過來拿這個狀況當成讓弟子成長的踏腳石吧。

真期待他們經歷這場逆境後，會有多大的成長。

想到那樣的未來，我忍不住揚起嘴角，藏身於黑夜中。

# 番外篇《邁向夢想的日記》

有翼人少女，卡蓮。

好奇心非常旺盛的女孩，興趣是看書，夢想親手寫一本書。

原因除了她喜歡閱讀外，在卡蓮出生前去世的父親，為女兒寫了好幾本書，所以她才會想嘗試自己寫作。

為此，她加入我們的隊伍，環遊世界增廣見聞，然而光吸收知識是寫不了書的。

來到外面的世界、認識朋友、露宿郊外、幫忙做家事……卡蓮逐漸習慣旅行時，我在前往聖多魯的路上問她：

「卡蓮，我問妳。妳之前說想寫書，是什麼樣的書？」

「什麼樣的書？」

「書的內容。不先想好這個就沒辦法寫吧？」

是要傳授知識用的學術書，還是欣賞劇情的娛樂作品……同樣是書，種類卻五花八門。

卡蓮似乎沒想那麼多，面對我的問題開始歪頭煩惱，在旁邊聽見這段對話的菲亞向她建議：

「妳是看了爸爸的書才想寫書對吧？那妳也寫類似的書不就行了？」

「嗯……」

卡蓮的父親寫的書，不只旅行所需的知識，還記錄著世上的神祕現象，不僅能學習知識，當成娛樂作品來看也很有趣。

我以為卡蓮會想寫同樣的書，看她還在煩惱，似乎並非如此。小孩子有時會產生獨特的想法，沒立刻得出答案再正常不過。

儘管很好奇卡蓮想寫什麼書，內容大可之後再決定，該先讓她習慣撰寫文章。畢竟看書跟寫書差滿多的。

「之後再想就行。這個給妳。」

「是新書！」

卡蓮雀躍地接過我在路上的村子買來的書，翻了幾頁，悶悶不樂地抬頭看著我。

「……什麼都沒寫！」

「沒錯，因為空白的部分要由妳填上。」

「咦，卡蓮來寫嗎？」

「嗯，想寫書的話不能只看書，試著寫寫看是最好的練習法。不過突然叫妳寫書太難了，先從日記寫起吧。」

「日記？那也是書嗎？」

「用文字簡單記錄一天發生的事，就叫日記。例如今天努力練習魔法了、看見稀奇的東西，諸如此類。」

我叫她任意寫下當天的感受，卡蓮興致勃勃地點頭，用雙手抱緊那本書。

「好期待卡蓮會寫什麼。寫完可以給我看嗎？」

「菲亞姊姊想看嗎？好呀。」

「那我也可以看嗎？畢竟書就是用來給別人看的。」

看過日記就能知道卡蓮的心情，跟她分享感想或指出奇怪的字句，或許也能磨練卡蓮的文筆。假如她不想給人看，我當然不會逼她，幸好卡蓮完全不介意。

可是，這個世界的書……也就是紙張，屬於稀有物品，因此我加上了一天只能寫一頁的限制，卡蓮就這樣寫起日記。

天色已暗，差不多該就寢時……卡蓮拿了日記來給我們看。

「這是卡蓮看著艾米莉亞姊姊寫的。」

「我嗎？呵呵，有點高興。」

卡蓮的日記，文章結構看得出孩童特有的鬆散感，以隨從的身分協助我的艾米莉亞工作時的模樣，倒是描寫得十分仔細。她還寫成了圖文日記，搖著尾巴被我摸頭的艾米莉亞真的很可愛。

以第一篇日記來說寫得還不錯，身為主角的艾米莉亞本人卻稱不上滿意。

「寫得非常好。可是……還不夠。」

「咦，不行嗎？」

「感覺不到天狼星少爺的美好。在我工作時會偷偷守望我的溫柔一面，沒有描寫出來。」

「不不不，在日記上追求這個不對吧？」

「知道了！」

以幾乎可以說是興趣的日記來說，真是嚴厲的批評，卡蓮本人卻點頭贊同，我也沒有繼續吐槽。

隔天傍晚……卡蓮又拿來寫好的日記給我們看。

這次是以莉絲為主，描寫了她使用水屬性魔法的精湛技術和吃個不停的日常。昨天艾米莉亞糾正的部分也有稍微改善，艾米莉亞滿意地點頭。

莉絲卻愧疚地指出一個錯誤。

「那個──雖然有點難以啟齒……這邊寫錯了。」

「咦？莉絲姊姊吃了很多不是嗎？」

莉絲在意的是她午餐吃的麵包個數。卡蓮的日記上寫著她吃了十個……

「我吃的是八個，沒有十個那麼多。」

「是嗎？差兩個而已……」

「這種數字最好要盡量貼近事實，所謂的留下紀錄就是這樣。」

「就跟妳說是日記了……」

「知道了！」

平常不會介意食量的莉絲，看到文字好像還是會難為情。若要補充說明，算是一點少女心……吧。

她說的並沒有錯，卡蓮也幹勁十足，於是我什麼都沒說，默默守望她們。

隔天。當天的日記主角是雷烏斯。

內容是一早起來就陪卡蓮練劍，大吃大喝，跟我和北斗做模擬戰的雷烏斯，極其平凡……有個地方卻怪怪的。

「卡蓮啊，這個部分為何一語帶過？」

模擬戰的部分，只寫了他被我和北斗打得體無完膚。

結果是沒有錯，可是早上練劍和吃飯的情境明明描述得挺仔細，只有模擬戰的過程異常簡略。

「太多了，寫不下。」

「什麼東西太多？」

「嗯──雷烏斯哥哥和老師打架的時候，這裡跟這裡被打中八次，這裡五次，手往奇怪的方向彎，總共倒在地上十八次對吧？」

她說的大概是跟我切磋時，雷烏斯的手臂、雙腿等全身上下的部位被我擊中，用關節技擒住，摔在地上的次數。

「然後呀，北斗的時候是……用手和尾巴拚命打他，次數多到卡蓮數不清，砰砰砰地把他扔到空中，大概三十秒。」

跟北斗切磋時則是以卡蓮看不清的速度，用前腳和尾巴痛揍雷烏斯，還把他當成球拋了三十秒……的樣子。

「……原來如此。確實很難在一頁之內寫完。」

「我被打得這麼慘嗎？每次我都全神投入在那上面，記不太清楚……」

「嗯……應該沒錯。」

我也有幾次覺得自己好像做得太過火，可是最近雷烏斯不管被揍得再慘，都會若無其事地站起來。為了回應他的毅力，我也不小心太激動……總之，可能得矯正一下心態，免得沒控制好力道。

話說回來，雷烏斯的耐操度和毅力自不用說，卡蓮的觀察力跟記憶力也不簡單。前一天莉絲給的建議她有付諸實行，這次還學會省略不必要的部分，看來她的學習之路走得挺順的。我想是因為她平常看書時就會注意文章結構，才能學得這麼快。

本以為按照順序，下一個主角會輪到我或菲亞，卡蓮卻珍惜地抱著我還給她的日記，露出意味深長的笑容。

「跟你說跟你說，卡蓮想到要寫什麼書了！」

「嗯？噢，書的內容嗎？妳想寫什麼樣的書？」

「嗯！卡蓮想寫老師的書！」

「我的書？意思是，妳想整理我教的東西？」

若是如此，裡面有不太適合隨便外傳的知識及技術，我應該要嚴格審查一下。

我接著詢問詳情，卡蓮想寫的不是學術書，而是我的紀錄……將人生寫成書的娛樂作品。

「因為老師懂很多事，會去很多地方對不對？還有，大家都最——喜歡老師了，寫老師的書他們會開心！」

的確，艾米莉亞他們應該會很高興，可是為我寫書真的好嗎？

我的人生非常特殊，又有一堆不能講給小孩聽的經歷，說不定該趁現在阻止她……

「寫完老師的書，卡蓮要寫跟爸爸一樣的書！啊，還想寫北斗的書。」

「……嗯，那樣或許也不賴。」

我不想讓這抹天真無邪的笑容蒙上陰霾。而且干擾找到明確目標的卡蓮，違反我的主義。

擔心歸擔心，卡蓮要等身心都成為大人才會正式開始寫書，只要我們好好引導她，不要讓她走錯路就行。

「寫好要讓我第一個看喔？」

「嗯！」

老實說我挺害羞的，不過，這孩子會如何描寫我的人生，真是令人期待。

書的題材就這樣決定了，卡蓮繼續寫日記，一面學習寫書所需的知識……

「妳聽好，學會『優秀』、『偉大』這些詞不會有壞處。」

「那是什麼意思？」

「用來稱讚對方的。提到天狼星少爺時必定會用到。」

她已經有位艾米莉亞編輯從旁協助，大概是聽到要以我為主角才忍不住插手。

艾米莉亞不只會幫卡蓮看日記，有空還會教她新的詞彙跟形容法。

「要是妳遇到瓶頸，看看天狼星少爺的背影吧。如此一來，腦中應該就會自然浮現字句。」

「老師背上寫了什麼嗎？沒有東西呀……」

「不要用看的，用感覺的！妳總有一天會明白。」

放著不管，她可能會為了將那本書打造成我的美談，從旁加油添醋，看來有必要盯緊艾米莉亞。

# 後記

各位讀者，好久不見。我是總算生出十三集的ネコ。

這次也費盡了千辛萬苦，幸好成功把這本書送到各位手中了。

感謝協助本書發售的相關人士，以及一直關注這部作品的眾多讀者。但願它能帶給各位那麼一點的喜悅。

那麼……關於第十三集，這一集跟前幾集不同，沒有為劇情做一個收尾，而是延續到下一集。後面的劇情長到就算沒有前面的卡蓮和北斗的故事，還是擠不進一本書裡。

目前的部分是「起承轉合」的「起」，沒什麼武戲，下一集開始劇情會有巨大的進展。

天狼星一行人投身於錯綜複雜的陰謀中，他們會遇到什麼樣的阻礙，又要如何解決？能在這一集的內容——包含伏筆在內——被大家忘得一乾二淨前生出下一集就好了……我會懷著這個目標努力。

再會！

國家圖書館出版品預行編目資料

WORLD TEACHER 異世界式教育特務 / ネコ光一作, Runoka 譯. -- 1 版. -- [臺北市]: 城邦文化事業股份有限公司尖端出版: 英屬蓋曼群島商家庭傳媒股份有限公司城邦分公司發行, 2023.12-
冊; 公分
譯自: ワールド・ティーチャー: 異世界式教育エージェント
ISBN 978-626-377-348-6 (第 13 冊: 平裝)

861.57　　112016422

浮文字

# WORLD TEACHER 異世界式教育特務13

（原名：ワールド・ティーチャー：異世界式教育エージェント13）

著　者／ネコ光一
繪　者／Nardack
譯　者／Runoka
執行長／陳君平
榮譽發行人／黃鎮隆
協　理／洪琇菁
總編輯／呂尚燁
美術總監／沙雲佩
美術編輯／陳姿學
執行編輯／石書豪
國際版權／黃令歡、高子甯
文字校對／施亞蒨
內文排版／謝青秀

出　版／城邦文化事業股份有限公司 尖端出版
台北市中山區民生東路二段一四一號十樓
電話：（〇二）二五〇〇—七六〇〇
傳真：（〇二）二五〇〇—二六八三
E-mail: 7novels@mail2.spp.com.tw

發　行／英屬蓋曼群島商家庭傳媒股份有限公司城邦分公司 尖端出版
台北市中山區民生東路二段一四一號十樓
電話：（〇二）二五〇〇—七六〇〇（代表號）
傳真：（〇二）二五〇〇—一九七九

中彰投以北經銷／楨彥有限公司（含宜花東）
電話：（〇二）八九一九—三三六九
傳真：（〇二）八九一四—五五二四

雲嘉以南／智豐圖書有限公司
（嘉義公司）電話：（〇五）二三三—三八五二
傳真：（〇五）二三三—三八六三
（高雄公司）電話：（〇七）三七三—〇〇七九
傳真：（〇七）三七三—〇〇八七

香港經銷／一代匯集
香港九龍旺角塘尾道六十四號龍駒企業大廈十樓B&D室
電話：（八五二）二七八三—八一〇二
傳真：（八五二）二七八二—一五二九

新馬經銷／城邦（馬新）出版集團 Cite（M）Sdn. Bhd.
E-mail: cite@cite.com.my

法律顧問／王子文律師　元禾法律事務所
台北市羅斯福路三段三十七號十五樓

二〇二三年十二月一版一刷



■中文版■

郵購注意事項：
1.填妥劃撥單資料：帳號：50003021戶名：英屬蓋曼群島商家庭傳媒(股)公司城邦分公司。2.通信欄內註明訂購書名與冊數。3.劃撥金額低於500元，請加附掛號郵資50元。如劃撥日起 10～14日，仍未收到書時，請洽劃撥組。劃撥專線TEL：(03)312-4212 ・ FAX：(03)322-4621。E-mail：marketing@spp.com.tw